The Womanizer

Gelegenheit macht Liebe

Ein Abenteuer kommt selten allein

AF219859

The Womanizer

Gelegenheit macht Liebe

Ein Abenteuer kommt selten allein

Bibliografische Informationen der Deutschen Nationalbibliothek
Die Deutsche Nationalbibliothek verzeichnet diese Publikation in der
Deutschen Nationalbibliografie; detaillierte bibliografische Daten sind
im Internet über dnb.dnb.de abrufbar.

Printed in Germany

ISBN 978-3-7557-2624-1

Herstellung und Verlag: BoD – Books on Demand, Norderstedt

Gelegenheit macht Liebe

Ein Abenteuer kommt selten allein

The Womanizer

Inhaltsverzeichnis

Gelegenheit macht Liebe

Ein Abenteuer kommt selten allein. Zumindest für den, der danach sucht. Und genau das tue ich! Ja, ich, der Womanizer. Der Stecher unter dem Herrn, der schon über 2.000 Frauen im Bett hatte und noch längst nicht genug hat. Im Gegenteil: In den letzten Monaten war ich äußerst aktiv. Okay, ich bin verheiratet und habe Kinder. Ich führe eine Familie. Und doch: Das alles ist mir nicht genug. Ob ich meine Andrea betrüge? Ja. Aber doch nicht wirklich, schließlich finanziere ich uns allen ein geiles Leben in Luxus. Ich schufte viel, ich ackere hart, ich treibe das Geld ein.

Da darf man sich auch mal etwas gönnen. Während sich andere ihren 10. Porsche kaufen, an sauteuren Zigarren nuckeln, eine Weltreise unternehmen oder ihr Geld in die Börse stecken, so stecke ich mein Geld und meine Zeit lieber in die Betten anderer Frauen. Aber heiß müssen diese sein. Jung. Und vor allem geil. Prüde Frauenrechtlerinnen sind nicht mein Ding. Weiblich und willig, oh yeah! In diesem Buch nehme ich Euch mit nach Amerika, wo ich ein heftiges Abenteuer mit der Geschäftsfrau Harper hatte. Welche Rolle dabei die Diven Grace und Eleanor spielten? Lasst Euch überraschen!

Manchmal allerdings hilft nicht einmal der größte Charme dabei, eine Frau gefügig zu machen. Selbst der attraktivste Mann kann scheitern. Doch Geld macht diese Frauen schwach. Geld macht alle Frauen schwach! Das habe ich gelernt in meinem Leben. Frauen tun für Geld ALLES. Man muss nur wissen, wie hoch ihr Preis liegt. Die 21-jährigen unglaublich hübschen Nele und Xandra musste ich bezahlen, aber es lohnte sich sowas von.

Marlene lernte ich im Fußballstadion kennen, nach dem Abpfiff durfte ich einlochen. In Schottland erlebte ich Sex mit 9 Frauen gleichzeitig. Hammer! Rockige Erinnerungen gebe ich ungefiltert an Euch weiter ebenso wie aktuelle News: Ich bin zum 3. Mal Vater geworden. Aber meine Frau Andrea ist nicht die Mutter des kleinen Niklas. Denkt immer daran: Gelegenheit macht Liebe, also nutzt sie!

Euer Womanizer

Ein ganz besonderer USA-Trip

Ich liebe Amerika-Trips, da ich dort völlig bin und mich austoben kann, ohne Rücksicht auf Verluste. Meine Ehefrau Andrea ist über 8000 km entfernt, da ist das Risiko, erwischt zu werden, äußerst gering. Ich hatte ein großes Projekt an Land gezogen, ein Millionengeschäft, für das mich meine deutsche Konkurrenz beneidete. Tja, wer kann, der kann halt! 16 Tage USA.

Ich packte meinen beiden Koffer, brachte meine Kinder John Paul und Anna Lina zur Schule und fickte meine Frau Andrea ein letztes Mal, bevor ich in den Flieger stieg. Dieser Flug war lang, aber schön, denn ich nutzte die vielen Stunden zum ausgiebigen Schlafen. Man wird halt älter. Empfangen wurde ich herzlich von Logan, meinem direkten Ansprechpartner von TV Prod 123. Logan war ein kleiner, aber dicker Mann. Er hatte es zu etwas gebracht in der Branche, sein Ruf war exzellent, doch es gab viele Gerüchte, dass er ein komischer Kauz sei.

Das war er in der Tat. Sein Humor war skurril und wirklich gewöhnungsbedürftig. Ich gab mir beste Mühe, stets mitzulachen, wenn es eigentlich nichts zu lachen gab, und mich zurückzuhalten, wenn er einmal mehr ein Fettnäpfchen mitnahm. Doch beruflich war er top. Genie und Wahnsinn wohnten in nur einer Person. Nach den 16 Tagen Florida mit Logan stand fest: Ich hatte wirklich viel von ihm gelernt und würde ganz sicher wiederkommen.

Der Grund für diese Entscheidung war aber nicht der gute Logan allein, sondern auch und vor allem Harper, Grace und Eleanor. Doch der Reihe nach: Mein Hotel war ein exquisites. Das Hilton überzeugte mich durch große, so wunderschöne Luxus-Appartements. Nach dem Frischmachen ging ich in das Hotel-Restaurant, aß gut, rief Andrea per Video an und schlief dann glücklich ein.

Am nächsten Morgen stand ich früh auf, um mir ein gutes Frühstück zu genehmigen. Noch schlaftrunken stolperte ich aus meinem Appartement und stieß mit jemandem zusammen. Dieser jemand war Harper. Die kleine, zierliche Business-Lady flog gegen die Wand und stieß sich mächtig den Kopf.

Mir war das äußerst peinlich und ich entschuldigte mich sofort, doch Harper verstand keinen Spaß. Sie schrie mich wild an und rief sofort das Sicherheitspersonal. Schnell waren 2 richtig große Männer da, die mich in ihr Visier nahmen. Ich entschuldigte mich erneut bei Harper für den Vorfall und gab dann auch zu Protokoll, dass es ein Versehen war, da ich über den Teppich gestolpert war.

Alle Schlichtversuche des hinzugekommenen, freundlichen Hotel-Managers halfen nichts: Harper wollte eine Entschädigung. Ich bot ihr gutes Geld, doch das lehnte sie bewusst ab. Sie drängte stattdessen auf meinen Rausschmiss. Nicht gut. Ich verteidigte mich immer vehementer und bot ihr schließlich, um Ruhe zu haben, meine 12.000 Euro-Uhr an. Harper zögerte und war interessiert an meiner schicken Portofino Automatic, musste aber ablehnen, um ihrem aggressiv eingeschlagenen Weg treu zu bleiben.

Während wir laut weiter diskutierten, blickte sie immer wieder schwer interessiert auf mein männliches Handgelenk: 18 Kt. Rot-gold Gehäuse, 40 mm, Wasserdichtheit 3 bar, 35111 Kaliber, Automatikaufzug, Frequenz 28800.0 vph (4.0 Hz), 163 Komponenten, 25 Steine, Genfer Streifen und Perlage. Datumsanzeige, edles Saphirglas, gewölbt, beidseitig entspiegelt, Zentrumsekunde mit Stoppvorrichtung, versilbertes Zifferblatt, dunkelbraunes Alligator-Lederarmband.

Jaja, ein echter Hingucker. Urplötzlich zog Harper ihre Klage zurück, meinte, es sei schon gut und sie verzeihe mir. Der Hotel-Manager küsste ihr vor Dank fast die Füße, denn Trouble konnte er in seinem Luxusschuppen nicht gebrauchen. Auch seine beiden Muckis verschwanden. Zurück blieben nur Harper und ich. Die kleine Frau glotzte mich an, dann wieder auf mein Handgelenk. Ich starrte sie an, doch brachte kein Wort heraus.

Dann drehte ich mich rasch weg und huschte den Gang entlang zum Treppenhaus. Durch den Vorfall hatte ich kostbare Zeit verloren, die mir nun beim Frühstück fehlte. 15 Minuten blieben mir nur noch. Na gut, besser als nichts. Ich holte mir ein typisch amerikanisches Frühstück und setzte mich an den eckigsten Ecktisch. Da erschien Harper. Ihre gemeingefährlich streng nach hinten gezogenen Haare waren lang, zusammengebunden.

Sie gingen ihr fast bis zum Po. Ihr Business-Look war modisch und sexy zugleich. Die Figur dazu hatte sie. Harp wog niemals mehr als 46 kg. War etwa 1,60 m groß. Sie blickte sich hektisch um. Schnell schob ich den zweiten Stuhl an meinem Tisch beiseite. Da entdeckte sie mich und nahm mich ins Visier. Oh Gott, dachte ich, nicht schon wieder!

Wenn die hier gleich wieder Terror macht, dann drehe ich noch durch. Schon stand Harper bei mir und raunte mich an: „Glauben Sie ja nicht, dass es damit getan ist, Sie Penner. Ich habe Gnade vor Recht walten lassen. Sie haben mich umgerannt, ich hätte mich dabei echt schwer verletzen können. Für die Beule an meinem Kopf werden Sie Buße leisten." Ich war erneut sprachlos. Harper setzte ihre fiese Drohung weiter fort:

„So etwas ist mir noch nie passiert. Und dann nicht mal eine vernünftige Entschuldigung. Unglaublich, so ein Verhalten! Ich hätte Sie locker fertigmachen können. Hätte Sie aus diesem Hotel schmeißen können. Wer glauben Sie, wer Sie sind? Dieser Vorfall kostet Sie was!" In diesem Moment hörte ich eine mir bekannte Stimme. Es war Logan: „Hey, Bayern-Bub, wie geht´s Dir? Hast Du gut geschlafen oder einen Albtraum gehabt?", begrüßte er mich und klopfte mir auf die rechte Schulter. „Es war ein Albtraum", antwortete ich ihm ehrlich, doch er lachte nur:

„Ein Albtraum? Du unterhältst Dich gerade mit einer so reizenden Dame und sprichst gleichzeitig von einem Albtraum? Ich bitte Dich!" Logan verstand nichts, aber woher auch. Ich nutzte die Gunst der Stunde, beendete abrupt mein Frühstück, stand auf, sagte Harper höflich „Auf Wiedersehen, haben Sie noch einen schönen Tag, gnädige Frau" und verduftete mit Logan. Puh, gerade noch mal die Kurve gekratzt.

Der Arbeitstag startete mit einem Meeting. Logan hatte seine gesamte Crew versammelt und stellte sie mir einzeln vor. Dann stellte er mich allen vor. Dann stellte ich mich selbst allen vor. 1 Stunde später starteten wir mit der Arbeit. Logan koordinierte Team 1, ich koordinierte Team 2. Logans Mitarbeiterinnen und Mitarbeiter waren jung und ebenso verrückt wie er. Gefiel mir. Wir hatten trotz harter Arbeit viel Freude und kamen gut voran. In meinem Team waren 2 hübsche Hasen: Grace und Eleanor.

Grace war eine gelungene Mischung aus Amy Winehouse und Dita Von Teese. Etwas gotisch. Sie hatte ein paar Piercings im Gesicht und ich konnte einige Tattoos erkennen. Eine spannende Frau! Eleanor war blond und eine überaus attraktive Mischung aus Taylor Swift und Margot Robbie. Beide waren Mitte 20 und arbeiteten seit ihrer Ausbildung im Hause Logan. Doch viel Zeit und Muße zum Flirten hatte ich nicht.

Zum einen war echt viel zu tun und Arbeit geht nun mal vor, zum anderen war ich immer noch betäubt vom Vorfall mit der mysteriösen Frau im Hotel, die mir Böses wollte. Nach meinem ersten Arbeitstag in Amerika ging ich mit Logan und ein paar männlichen Kollegen essen. War sehr lecker. Logans seltsamer Humor war Thema des Abends. So skurril dieser Mann, das kann man einfach nicht in Worte fassen. Erschöpft fuhr ich mit dem Taxi ins Hotel und begab mich auf den Weg in mein Appartement.

Ich stieg in den Fahrstuhl, um hoch in den 6. Stock zu fahren, doch ich bekam unliebsamen Besuch: Harper stieg zu. Ich schaute zu Boden, doch es half nichts. Sie legte sofort wieder los: „Aha, der Herr tut so, als wenn nichts gewesen wäre. So etwas mag ich gerne. Eine Unverschämtheit, Ihr Verhalten!" Ich versuchte, sie zu unterbrechen, doch das tat ein dicker Mann, der im 2. Stock zustieg. Er brachte Harper zur Ruhe.

Gott sei Dank. Doch ihr Blick sprach Bände: Sie war dabei, mich gedanklich zu ermorden. Der Fahrstuhl stoppte endlich im 6. Stock, doch aussteigen wollte ich nicht. Lieber blieb ich im sicheren Fahrstuhl beim Fettsack, der in den 17. Stock wollte. Harper schaute verdutzt, schließlich waren wir auf unserer Etage, doch ich stieg nicht aus. Sie auch nicht. Also fuhren wir hoch. Im 8. Stock stieg ein Pärchen zu, im 10. Stock eine alte, reiche Frau. Im 13. kam ein Geschäftsmann dazu.

Moppelchen verschwand im 17. Stock, dann ging es abwärts. Ich überraschte Harper, als ich plötzlich und schnell im 14. Stock ausstieg, als eine Dreiergruppe hereinkam. Haha! Damit hatte sie nicht gerechnet. Ich atmete durch und ging zu den Treppen. Stockwerk für Stockwerk runter. Doch mir war klar, dass ich noch nicht in Sicherheit war. Ich musste ja erst in mein Appartement kommen.

Vorsichtig lugte ich ums Eck, und da stand – wie befürchtet – diese Furie Harper und lauerte. Sie bewachte meine Appartementtür und wartete auf mich. Verdammt! Was tun? Da kam mir ein junger Geschäftsmann genau richtig. Ich sprach ihn an und bat ihn um Hilfe. Ich erklärte ihm kurz den Vorfall des Morgens und er war sofort auf meiner Seite. Wir schlossen einen männlichen Freundschaftspakt.

Er musste Harper ablenken, damit ich in mein Appartement kommen konnte. Dick, so sein Name, war ein begnadeter Schauspieler. Er spielte einen stark beschwipsten Hotelgast, der sein Zimmer sucht und nicht findet. Er torkelte den Flur entlang und auf Harper zu. Dann versuchte er, in mein Appartement zu gelangen, doch sein Schlüssel passte natürlich nicht. Und schon biss Harper an: „Hey, das ist nicht Ihr Zimmer. Sie sind hier falsch." „Doch, es ist meines", lallte Dick mit verdrehten Augen und versuchte weiter, den Schlüssel einzuführen, was ja nicht gelingen konnte.

„Nein, nein", rief Harper, „ich kenne diesen Penner, der hier wohnt. Den würde ich unter 1.000 Typen sofort erkennen. Sie haben sich geirrt." Dick starrte sie hilflos an und hielt ihr seinen Schlüssel vors Gesicht. Harper ergriff ihn und schaute sich um. „Kommen Sie, ich bringe Sie in die Heia", stöhnte sie genervt und lief vor. Darauf hatte ich gewartet. Langsam schlich ich mich den Gang entlang, während Harper sich mit Dick im Gepäck immer weiter entfernte. Ich hatte es fast geschafft, doch dann schaute sie nach hinten und entdeckte mich.

„Hey, Stehenbleiben", rief sie durch den Flur und setzte zum 50-Meter-Sprint an. Harper wurde immer schnell, je näher sie kam, doch endlich passte mein Schlüssel ins Schloss und ich knallte die Tür noch rechtzeitig zu, bevor sie mich schnappen und verprügeln konnte. Glück gehabt! Doch Harper gab keine Ruhe. Sie klopfte wild gegen meine Zimmertür und beschimpfte mich übel. Und was tat ich?

Ich rief die Rezeption an und bat sie darum, die Starke-Männer-Security hochzuschicken, um die wild gewordene Harper zu bändigen. 2 Minuten später hörte das wilde Klopfen auf. Harper hatte verloren und musste sich der Gewalt der strengen Muckis beugen. Haha! Ihren Blick hätte ich so gerne gesehen.

11

Dafür hörte ich 1 Minute später ihre wütende Stimme. Mein Telefon klingelte. Ich hob ab, weil ich dachte, es sei die Rezeption, doch es war Harper, die mich wieder wüst beschimpfte. Aber nur kurz, denn ich legte einfach auf. Hahahaha! Weitere Klingeleien von ihr hörte ich nicht richtig, da ich genüsslich duschte. Dann rief ich meine Frau Andrea an und erzählte ihr von der gemeingefährlichen Harper und was ich alles erlebt hatte an diesem Tag.

Andrea war voll schockiert, doch dann lachte sie laut ab und meinte, es gäbe echt einige kranke Frauen. Recht hatte sie. Doch mir war auch klar: Ich musste die Sache mit Harper klären. So konnte ich nicht die nächsten 2 Wochen leben. Ich beschloss, ihr meine Uhr als Entschädigung zu überlassen. Ich schrieb auf einen Zettel Folgendes: „Es tut mir leid. Anbei eine Wiedergutmachung. Bitte nehmen Sie die Uhr an und lassen Sie mich in Frieden dafür. Danke."

Dann klopfte ich an Harpers Tür, legte den Zettel und meine wertvolle Uhr davor und schloss mich schnell wieder ein. Ich lauschte. Harper öffnete die Tür und schloss sie etwa 20 Sekunden später wieder. Als ich nachschaute, waren Zettel und die Uhr weg. Na gut, immerhin, dachte ich und legte mich schlafen. Dass das Telefon ein paar Mal klingelte, ignorierte ich, da ich mich schon im Halbschlaf befand. Am nächsten Morgen verzichtete ich bewusst auf ein köstliches Frühstück, um Harper nicht zu begegnen. Husch huschte ich in ein Taxi und fuhr in die Firma. Arbeit, here I come!

Beim Mittagessen bot sich mir eine gute Gelegenheit, Grace näher zu kommen. Ich verwickelte sie in ein spannendes Zweiergespräch und startete meinen Flirt. Grace stieg sofort darauf ein. Ihre blauen Augen verhießen viel Lust. Wir späßelten zusammen und ich erzählte ihr ein wenig von meinem schönen Leben in Deutschland, ließ aber meine Frau und meine Kinder bewusst weg.

Grace erzählte mir von ihrem genehmen Leben in Florida, ließ aber ihren Beziehungsstatus ebenso weg. Leider wurden wir von ihrer Kollegin Eleanor unterbrochen, die mich zu Logan rief, der eine wichtige Frage hatte. Na gut, weiterarbeiten. Der Abend kam endlich näher und der Hunger wurde größer.

Logan lud zum großen Essen ein. 8 Kolleginnen und Kollegen kamen mit, auch Grace und Eleanor waren mit von der Partie. Die eine setzte sich rechts neben mich, die andere links neben mich. Der Abend wurde lang und lustig. James, ein junger Praktikant Logans, entpuppte sich als erstklassiger Unterhalter. Er kannte geniale Witze und brachte so den Tisch zum Toben. Hier eine kleine Auswahl:

➜ Ein Ingenieur ist lange arbeitslos und beschließt nun, eine medizinische Praxis zu eröffnen. Er hängt ein Schild an die Eingangstür mit folgender Aufschrift: „Für 500 Euro garantiere ich Ihnen, Ihre Krankheit zu heilen. Falls es mir nicht gelingen sollte, bekommen Sie 1.000 Euro." Ein studierter Arzt denkt sich, dass es ein Leichtes sei, hier 1.000 Euro zu verdienen, und er besucht die neu eröffnete Praxis.
Arzt: „Ich habe meinen Geschmackssinn verloren." Ingenieur: „Schwester, bringen Sie mir bitte die Medizin aus Schachtel 22 und verabreichen Sie unserem Patienten 3 Tropfen davon." Die Schwester tut wie ihr befohlen. Arzt: „Pfui, das ist ja Benzin!" Ingenieur: „Herzlichen Glückwunsch! Sie haben Ihren Geschmackssinn zurück. Das macht 500 Euro."
Der Arzt ist verärgert, bezahlt die 500 Euro und verlässt nachdenklich die Praxis. Nach ein paar Tagen kommt er wieder: „Ich habe mein Gedächtnis verloren. Ich kann mich an nichts mehr erinnern." Ingenieur: „Schwester, bringen Sie mir bitte die Medizin aus Schachtel 22 und verabreichen Sie unserem Patienten 3 Tropfen davon." Arzt: „Schachtel 22? Das ist doch Benzin!" Ingenieur: „Glückwunsch! Sie haben soeben Ihr Gedächtnis wiedererlangt. Das macht 500 Euro."
Der Arzt bezahlt zähneknirschend und verlässt die Praxis. Ein paar Tage später kommt er wieder, diesmal entschlosen, all sein verlorenes Geld zurückzubekommen: „Meine Sehkraft hat stark nachgelassen. Ich erkenne nur noch Umrisse!" Ingenieur: „Nun, dafür habe ich leider kein geeignetes Medikament.

Sie bekommen deshalb, wie versprochen, die 1.000 Euro." Er reicht ihm zwei 5-Euro-Scheine. Arzt: „Hey, das sind doch nur 10 Euro!" Ingenieur: „Herzlichen Glückwunsch! Sie haben Ihr Sehvermögen wieder. Das macht dann 500 Euro!"

➜ Dave und Nora sind ein Ehepaar. Vor einigen Jahren haben sie Tante Abigail bei sich aufgenommen. Tante Abigail war mittellos und das Paar hatte Mitleid mit ihr. Abi war aber kein einfacher Gast. Die vielen Wünsche der Tante waren eine schwere Belastungsprobe für die Ehe. Ständig wollte sie etwas, immer war sie am Nörgeln. Dies sei nicht gut, das sei nicht in Ordnung. Über die Jahre hat das Ehepaar versucht, es der Tante immer wieder recht zu machen, auch wenn das nicht leicht war und sehr an den Nerven gezerrt hat.
Abigail war schon sehr alt. So kam es, dass sie eines Morgens nicht mehr aufwachte. Sie war im Schlaf gestorben. Auf dem Weg zurück vom Friedhof sagt Dave zu seiner Frau Nora: „Du, ich muss Dir gestehen, dass ich Dich fast wegen Deiner Tante verlassen hätte. Nur durch meine große Liebe zu Dir habe ich Deine Tante aushalten können." Seine Gattin schaut ihn verwundert an und sagt: „Wie jetzt, meine Tante. Ich dachte, es wäre Deine Tante?!"

➜ Spät abends, gegen 22 Uhr, bemerkt ein Mann, dass er sehr hungrig ist. Bei ihm zu Hause gibt es aber nichts mehr zu essen. Sein Magen knurrt unaufhörlich. Der Mann lebt in einem kleinen und abgelegenen Dorf, er hat kein Auto, und mit dem Fahrrad wäre es viel zu weit bis zur nächsten Tankstelle.
Da fällt ihm ein, dass die Dorfkneipe noch offen hat und häufiger kleine Gerichte serviert. Er spaziert in die Kneipe und fragt, ob es noch etwas zu essen gibt. Die alte Wirtin entschuldigt sich und sagt, dass die Küche bereits geschlossen hat. Verzweifelt setzt sich der Mann hin und bestellt dann zumindest ein Bier.

Da bemerkt er, dass ein uralter Mann am Nachbartisch einen Teller mit Linsensuppe neben sich stehen hat, ohne diese zu essen. Er geht zum Tisch, an dem der Opa sitzt, und fragt: „Hallo, essen Sie Ihre köstliche Linsensuppe noch?" Opa: „Nein, ich habe keine Lust mehr, diese Suppe zu essen."

Der Mann zieht den Teller blitzartig zu sich und fängt an, die Suppe schnell herunter zu schlingen. Als er etwa zur Hälfte ausgelöffelt hat, entdeckt er eine tote Maus in der Suppe und kotzt direkt in den Teller. Da sagt der Opa: „Tja, so weit bin ich auch gekommen."

➔ Ein älteres Ehepaar besucht eine wilde Flugshow. Der Mann sagt: „Gianna, wir sind schon 40 Jahre verheiratet. Ich glaube, wir sollten uns mal einen Helikopterflug gönnen. Ich wollte das schon immer einmal machen." Da antwortet die Frau: „Tut mir leid, Ethan, der Flug mit dem Helikopter kostet 60 Euro. Und 60 Euro sind nun mal 60 Euro." Der Mann schluckt seine herbe Enttäuschung herunter. Zufälligerweise hat einer der Helikopter-Piloten das Gespräch mitgehört und sagt zu den beiden:

„Ich schlage Euch etwas vor: Ich kann Euch umsonst mitnehmen. Aber nur unter der Bedingung, dass Ihr keinen einzigen Laut von Euch gibt. Höre ich auch nur einen Mucks, dann müsst Ihr die 60 Euro bezahlen." Das alte Ehepaar ist einverstanden und beide steigen in den Helikopter. Der Pilot steigt auf und macht wilde Flugmanöver: Sturzflug, Looping, Schwenken, knapp über Gebäude hinwegrauschen, Schraube.

Aber beide sagen keinen Mucks. Als der Hubschrauber landet, staunt der Pilot über das Headset: „Ich bin wirklich beeindruckt. Ich bin die wildesten Manöver geflogen, die ich draufhabe, und Ihr habt nicht einen einzigen Ton von Euch gegeben. Wow!" Da sagt der Mann: „Naja, als meine Frau herausgefallen ist, da hätte ich beinahe etwas gesagt, aber 60 Euro sind nun mal 60 Euro."

Auch einige richtig versaute Witze hatte James zu bieten. So voll unter der Gürtellinie. Je später der Abend wurde, desto geiler wurden seine Witze. Hier eine kleine Best-of-Auswahl:

➤ Eine hochschwangere Frau macht einen Schaufensterbummel. Plötzlich kommt es zu einem Terroristenüberfall. Die hochschwangere Frau wird mit 30 Kugeln im Bauch getroffen. Notoperation vor Ort, Notärzte, Feuerwehr und Sanitäter tun ihr Allerbestes, um sie zu retten. 27 Kugeln werden gefunden, die letzten 3 sind absolut unauffindbar. 2 Wochen später schenkt die Frau kerngesunden Drillingen das Leben. Kinder wohlauf, Mutter wohlauf, keiner denkt mehr an die 3 Kugeln.
15 Jahre später kommt der erste Drilling ganz aufgeregt zu seiner Mama gelaufen: „Mutter, mir ist eben etwas Krasses passiert. Beim Pinkeln machte es Pling und eine Kugel lag in der Kloschüssel." Die Mutter überlegt kurz und stottert: „Äh, ja, das ist ganz normal." 1 Tag später ruft der zweite Drilling: „Mutter, gerade beim Pinkeln machte es plötzlich Pling." „Das ist ganz normal", winkt die Mutter ab.
Am nächsten Tag kommt der dritte Drilling aufgeregt ins Zimmer gerannt und schreit: „Mama!" „Ja", antwortet diese sehr gelassen, „ich weiß, beim Pinkeln hat es auf einmal Pling gemacht." „Das nicht", sagt der Sohnemann, „ich habe beim Wichsen leider unseren Hund erschossen."

➤ Peter besucht Robby, seinen Arbeitskollegen, der letzte Woche vom Dach gefallen war und nun von der Hüfte abwärts im Gips steckt. Nur seine Füße schauen unten noch raus. „Ich friere so", jammert Robby, „gehe doch bitte rauf in mein Schlafzimmer und hole mir meine Hausschuhe." Peter geht hinauf und trifft oben auf Robs wunderschöne 25-jährige Zwillingstöchter. „Hallo Mädels", grinst er, „Euer Vater hat mich raufgeschickt, damit ich Euch beide einmal richtig durchvögle."

„Lüge! Unverschämtheit!", kreischen beide Mädels erbost. „Na gut", sagt Peter gelassen, „wenn Ihr es nicht glaubt." Er ruft die Stiege hinunter: „Beide?" Und Robby schreit zurück: „Natürlich beide!"

➜ Matthew trifft seinen völlig fertigen Kumpel Wyatt in seiner Stammkneipe. „Sag mal, warum bist Du heute so schlecht drauf?" Wyatt: „Ich habe Dir doch von dieser geilen Tussy erzählt, die bei mir in der Firma arbeitet. Ich habe es nie gewagt, mit ihr auszugehen, weil ich immer eine Riesenlatte kriege, wenn ich sie sehe. Aber jetzt habe ich mich endlich mit ihr getroffen." „Das ist doch super. Und wie war´s?" „Weil ich so große Angst vor einem Ständer hatte, habe ich mir meinen Schwanz mit Tape am Bein festgemacht." „Sehr vorsichtig von Dir", meint Matthew. „Ich klingle an ihrer Tür und sie kommt in einem supersexy Minirock raus." „Und was passierte dann?" „Ich habe ihr ins Gesicht getreten."

➜ 2 befreundete Ehepaare fahren gemeinsam in den FKK-Urlaub. Eines Morgens schlendert eine der Frauen relaxt am Strand entlang, als sie plötzlich den Mann ihrer Freundin vor sich liegen sieht. Er liegt auf seinem Rücken und schläft. Über sein Gesicht hat er sich eine Zeitung gelegt. Da fällt ihr auf, dass der Gute eine richtig fette Erektion hat.
Weil ihr das peinlich ist und sie ihren Bekannten nicht so da liegen lassen will, nimmt sie ihm die Zeitung vom Gesicht, deckt damit sein Glied ab und geht weiter. 400 m weiter triff sie ihre Freundin und sagt: „Du, da hinten liegt Dein Mann. Lauf mal schnell hin, es steht was für Dich in der Zeitung."

➜ Eine Frau kehrt abends nach Hause zurück und sagt zu ihrem Ehemann: „Ich bin gerade vergewaltigt worden." Er: „Iss eine Zitrone!" Am nächsten Abend tritt sie wieder ein und schreit: „Ich bin gerade wieder vergewaltigt worden!" Er: „Iss eine Zitrone!"

Am nächsten Abend kommt die Frau wieder nach Hause und brüllt: „Ich bin wieder vergewaltigt worden!" Er: „Iss eine Zitrone!" „Warum sagst Du mir eigentlich immer, ich soll eine Zitrone essen?" „Weil ich Deine lächelnde Visage danach nicht ertragen kann!"

➔ Samuel hat Lust auf Oralsex und geht ins Bordell. Am Empfang wird er zu Ellie im 1. Stock geschickt. „Hallo Ellie, ich hätte so gerne Oralsex. Kannst Du das überhaupt?" Die Ellie geht mit ihm zum Fenster und sagt: „Siehst Du da unten im Hof den Ferrari? Das ist meiner, nur verdient durch Oralsex." Samuel ist begeistert und es geht mächtig zur Sache. 2 Tage später hat Samuel Lust auf Analsex und geht wieder zu Ellie. „Hallo Ellie, ich hätte so gerne Analsex. Kannst Du das überhaupt? Ellie führt ihn wieder zum Fenster: „Siehst Du da drüben im Hafen die 30-Meter-Yacht? Die ist meine, nur verdient durch Analsex." Samuel ist begeistert und es geht wieder brutal zur Sache. 2 Tage später hätte Samuel gerne normalen Sex und geht wieder ins Bordell: „Hallo Ellie, ich hätte heute gerne normalen Sex, kannst Du das auch?" Wieder wird er zum Fenster geführt: „Siehst Du das 25-stöckige Hochhaus? Das könnte meines sein, wenn ich eine Muschi hätte."

Oh ja, und noch viele weitere Witze mehr gab James an diesem Abend zum Besten. Irgendwann nach 0 Uhr aber brach die Runde weg. Nach und nach verließen alle das Restaurant. Als ich in mein Taxi steigen wollte, hörte ich Graces Stimme: „Hey, wohin fährst Du?" „In mein Hotel, ins Hilton", antwortete ich.

„Magst Du noch mitkommen auf einen guten Absacker an der Bar?" „Ja, warum nicht", grinste Grace und leistete mir Gesellschaft. 10 Minuten später waren wir da. Ich geleitete Grace in die Hotel-Bar und bestellte uns 2 Alkohol lastige Gläser. Grace war mir längst verfallen und scharf auf mich, das erkannte sogar der Barkeeper und meinte: „Die beiden gehen auf das Haus, Kumpel." Auf Ex spülten wir durch. Da erblickte ich im Augenwinkel meinen Albtraum, Harper.

18

Sie saß in der Ecke und war mit ihrem glitzernden Smartphone beschäftigt. Vor ihr stand ein großes Glas Vino. Sie sah echt gut aus. Sie hatte diesmal wenig Strenges an sich, mehr Schönes. Sie erblickte mich ebenso. Oh Nein! Was nun? Harper starrte mich an und starrte dann meine Begleitung Grace an. Sie musterte sie von oben bis unten. Dann wieder mich, ebenso von oben bis unten. Ihre Blicke waren mir sehr unangenehm. Ich musste hier sofort weg. „Hast Du Lust, mein Appartement zu sehen?

Es ist wirklich riesengroß", köderte ich Grace. Sie ließ sich bereitwillig abschleppen. Harper beobachtete missgünstig jeden unserer Schritte, bis wir um die Ecke verschwanden. Angekommen in meinem Reich zeigte ich Grace erst einmal die 2 luxuriösen Zimmer, dann das Bad und den Balkon. „Wow", staunte sie nicht schlecht. „Und was nun?", fragte ich sie an. Grace schritt auf mich zu und küsste mich. Ich küsste zurück. Sie küsste weiter. Ich auch. Wir küssten uns. Wir knutschten.

Auch mit Zunge. Geil! Ich musste mehr Grace haben. Also zog ich ihr ihr bezauberndes, buntes Kleid aus und starrte auf eine Tattoo-Landschaft. Ihr halber Körper war geinkt. Ihr Body war jung und trainiert, sie musste echt viel Sport machen. Als ich Grace den BH abstreifte, musste ich ihre Brüste suchen, sie waren nämlich sehr klein, fast kaum vorhanden. Grace war flacher als Holland.

Sie hatte dafür aggressiv nach vorne abstehende Brustwarzen. Solche kann man gut saugen. Ich zog ihr den String weg und entdeckte eine blanke Muschi. Die galt es jetzt zu lecken. Ich trug die leichte Grace auf das Bett und legte mein Sakko ab. Dann kniete ich mich vor das Bett und küss-leckte ihre Schenkel hoch, hoch und immer höher. Hoch und immer noch höher, bis ich ihre Pussy roch.

Diese Pussy duftete sehr intensiv. Das ist ja von Frau zu Frau anders. Manche Scheiden riechen verdammt geil, andere stinken. Manche duften auf 1 m, andere gar nicht. Diese hier roch irgendwie komisch. Aber das störte mich nicht. Komisch war ja nicht schlecht. Halt komisch. Ich küsste ihre äußeren Schamlippen, dann die inneren. Grace genoss meine Liebkosungen sehr.

Ich bin ja ohnehin als flotter Züngler bekannt, Katjas legendäre Lecktechnik hatte ich über all die Jahre weiter perfektioniert. Damit kann ich jede Frau der Welt, und ich meine JEDE FRAU DER WELT, zum Orgasmus bringen. Diesen Beweis war ich bereit, im Fall Grace anzutreten. Meine Zi-Za-Zunge streichelte ihre Knospe und ihr Becken wurde immer aufgeregter. 3 Minuten später kam Grace. Sie kam echt heftig.

Ein lauter Schrei durchdrang den Raum. Dann ein noch lauterer. Junge, kam die heftig! Der Womanizer hatte es mal wieder geschafft und feierte sich selbst. Es war schon spät, aber nun war ich an der Reihe, verwöhnt zu werden. Die ganze Mühe sollte sich schließlich auch für mich lohnen. Grace erholte sich von ihren Höhepunkten langsam. Sie brauchte Zeit und bat mich, sie in den Arm zu nehmen. Tat ich auch. Allerdings war das nicht ganz so einfach, da mein Penis längst eine harte Latte war.

Endlich bestand ich auf mein Recht. Ich zog mir meine restlichen Klamotten aus und legte mich hin. Grace wirkte verunsichert, doch sie nahm meinen Penis in ihre rechte Hand und begann zu wichsen. Es fühlte sich seltsam an. Irgendwie ungeschickt. Ich blickte ihr in die Augen, sie blickte weg. Komisch. Ihre Gewichse war zwar vom Tempo her gut, doch ihre rhythmischen Bewegungen waren unkoordiniert. Sie muss lange keinen Schwanz mehr in der Hand gehabt haben, dachte ich.

Als ich merkte, dass es in die falsche Richtung lief, forderte ich einen Blowjob ein. Grace schaute mich verzweifelt an und nahm dann meinen Dick vorsichtig in ihren Mund. Anstatt ihn richtig zu blasen, lutschte sie ein Eis. Mädchen, so geht das nicht! Ich wurde unruhig. Als er bzw. ich schließlich die Erregung verlor, zog ich zurück und schaute sie grimmig an.

Da begann sie zu weinen. „Sorry", schluchzte sie, „sei mir bitte nicht böse, ich weiß einfach nicht, wie das richtig geht. Ich bin nämlich lesbisch. Du ist der erste Schwanz, den ich in Hand und Mund hatte. Und ich weiß nicht so recht, was ich tun soll, um Dich glücklich zu machen." Ich war baff. Sie war also eine Lesbe. Eine Scheidenputzerin. Eine Ritzenleckerin. Eine doppelte Dildofickerin. Wer konnte denn so etwas ahnen! Ich nahm Grace in meinen starken Arm und tröstete sie liebevoll.

Gleichzeitig törnte mich das Szenario an, da ihr großes Nicht-wissen auch ein mächtiger Vorteil sein konnte. Ich musste sie nur dazu bringen, sich erneut auf das Abenteuer Penis einzulas-sen. Sexy Grace erzählte mir, dass sie schon mit 9 Jahren wuss-te, dass sie auf Mädchen stehe. Ihren ersten sexuellen Kontakt hatte sie mit 12 Lenzen, da knutschte sie mit ihrer besten Freun-din Diana Spencer rum. Mit 13 wurden sie intim. Petting und so. Jungs haben sie nie wirklich interessiert, sie hatte noch nie einen Mann geküsst.

Ich sei der Erste gewesen. Ich staunte und hörte weiter zu. Nach 2 längeren gleichgeschlechtlichen Beziehungen sei sie, so Grace, nun seit über 2 Jahren Single und würde sich sex-uell – nur mit Frauen – austoben. „Und was willst Du dann von mir?" Eine berechtigte Frage, die ich ihr an den Kopf schmiss. „Naja, ich kann Dir noch nicht sagen, was es ist, was mich an Dir so fasziniert, aber ich konnte einfach nicht widerstehen", heulte sie mich an.

„Als Du mich da unten geleckt hast, hat sich das ganz wunderbar angefühlt. Unglaublich schön. Aber als ich dran war, Dich zu verwöhnen, war ich total überfordert und bekam blanke Panik. Ich habe das noch nie gemacht und weiß nicht genau, wie das geht. Tut mir echt leid." „Hey, Grace, wenn Du willst, bringe ich es Dir in aller Ruhe bei. Ich zeige es Dir, okay?" Sie schaute mich mit großen Augen an. „Echt?" „Na klar", nickte ich und küsste sie.

„Danke, danke", heulte sie wieder los und verschwand im Badezimmer, um sich frisch zu machen und ihre fies ins Ge-sicht gelaufene Schminke zu verschönern. Dann kam sie wie-der, diesmal mit einem Lächeln auf den Lippen: „So, dann zeig mir mal, was Du magst. Was soll ich tun, und wie genau soll ich es tun?" Ich erklärte ihr erst einmal den männlichen Penis und zeigte ihr meine empfindlichsten Stellen.

Dann sollte sie ihn anfassen. Erst mal abtasten, dann sanft darüberstreichen. Fühlte sich gut an. Nun erklärte ich Gra-ce die Wichsbewegung und worauf es dabei ankommt. Ich mach-te es ihr sogar vor. Grace machte es nach. Ihre schöne linke Hand fand schnell einen guten Griff. Dann durfte sie mit dem Wichsen beginnen. Grace entpuppte sich als Naturtalent.

Ich korrigierte ihren Griff ein wenig, bis alles perfekt saß. Dann sollte sie das Tempo variieren. Am meisten Spaß machte es ihr schnell. Genauso viel Spaß hatte sie aber auch bei langsam, während sie mich und meine Körperreaktionen, aber auch meinen Gesichtsausdruck genau beobachtete. Ich merkte, dass ich immer erregter wurde und bald kommen werde. „Süße, bist Du bereit, Deinen ersten Schwanz zum Erguss zu bringen?" „Ja", lächelte sie verschmitzt.

„Dann mach genauso weiter wie jetzt gerade, dann komme ich in einer halben Minute." Klingt ganz schön mathematisch, aber das gehört nun mal dazu. So ist es einfach. „Und bitte nicht erschrecken oder aufhören, wenn der Samen herauskommt, bitte immer weitermachen. Solange, bis ich Stopp sage." Grace nickte. Sie war jetzt kurz davor, mich zu erlösen. Sie beobachtete alles ganz genau, wie mein Atem schneller wurde und mein Körper die Ausschüttung vorbereitete.

Dann überschritt ich den point of no damn return. Es kam. Und wie! Mein Sperma schoss heraus und spritzte hoch hinweg. Grace zuckte zwar kurz, wichste aber wie besprochen genauso weiter. Es waren viele Ladungen, die ich ausschüttete. Da war auch die ganze Anspannung mit Harper mit drin.

Schließlich gab ich der lieben Grace das Zeichen, langsamer zu werden. Tat sie. Dann gab ich ihr das Zeichen, ganz aufzuhören. Tat sie auch. Hier wurde gerade wichtige Geschichte geschrieben. Die Lesbe Grace hatte mir die Palme geschüttelt. Ich nahm sie dafür in den Arm und spendierte ihr ein paar Feuchttücher, mit denen sie ihre Hände sauber machte. Dann kroch sie in meinen Arm. „Und, hat es Dir gefallen? Habe ich es einigermaßen vernünftig gemacht?", fragte sie mich.

„Und wie", lobte ich sie, „das war toll. Danke", küsste ich sie. Grace schlief die Nacht bei mir. Am nächsten Morgen weckte ich sie sehr früh auf. Und zwar mit einem Orgasmus. Ich züngelte sie wach und schenkte ihr 5 Minuten später einen heftigen Guten-Morgen-Gruß. 2 Minuten danach einen zweiten. Bereitwillig griff Grace nach meinem ohnehin schon bereitsteifen Dick und startete die gelernte Handarbeit. Ich entschied mich diesmal für Stehen und orderte Grace an meine Seite. Sie stand seitlich neben mir und griff zu.

So wollte ich es diesmal haben. Ich hielt sie im Arm, während sie meine Salami rieb. Richtig gut machte Grace es wieder, die Lesbenmaus. Ich musste ein paar Mal optimierend eingreifen, doch Grace setzte meine Kritik konstruktiv um. Good girl! Ich kam und spritzte das Bettlaken voll. Nicht schlimm, die Putze kommt ja gleich. Als Belohnung durfte Grace mit mir frühstücken. Und da war sie wieder: Harper, die mit einer anderen Lady ein paar Tische weiter saß und gleich mit dem Zeigefinger auf mich zeigte.

Ich strahlte sie an und vermittelte ihr den Eindruck eines überaus glücklichen Mannes, was ihr sichtlich missfiel. Das Frühstück schmeckte gut, doch dann mussten wir zur Arbeit. Ich winkte Harper zum Abschied göttlich lieb zu, doch sie ignorierte mich völlig. Beim Hinausgehen fasste ich Grace bewusst und deutlich für Harper sichtbar an ihren schönen Hintern. Eine nette, kleine Provokation zum Abschluss. Haha!

Der Arbeitstag verlief erfolgreich. In der Mittagspause zog mich King Logan beiseite und sprach mich auf Grace an: „Hey, ich sehe, dass Du an ihr herumbaggerst. Aber mach Dir keine Hoffnung: Sie ist eine gnadenlose Lesbe. Schon viele Männer haben es bei ihr versucht, aber sie hat jeden abblitzen lassen. Versuch es gar nicht, Du hast eh keine Chance bei der. Sie steht nur auf Frauen."

Ich bedankte mich bei Logan für seinen lieb gemeinten Tipp, doch wenn der wüsste! Ich hatte Grace geknackt, war der erste Mann in ihrem lesbischen Leben und hatte noch so viel vor mit ihr die nächsten 14 Tage. Meinen Abend verbrachte ich wieder mit Grace. Im Zimmer angekommen setzten wir uns zuerst auf den Balkon, um den sensationellen Ausblick auf Florida zu genießen. Naja, eigentlich mehr, weil die Grace eine rauchen wollte. Macht man das nicht erst nach dem Sex?!

Als wir da saßen und über Gott und die Welt plauderten, hörte ich Geräusche vom Balkon neben uns. Es musste Harper sein, da es ihr Balkon war. Es war Harper! Wir hatten zwar einen guten Sichtschutz, aber Harper lehnte sich extra weit vor, um zu gucken. Sie sah mich und Grace. Grace bekam davon nichts mit, da sich Harper in ihrem Rücken befand. Plötzlich verschwand Harper …

… um mir ein paar Sekunden später einen muskulösen Su-permann zu präsentieren. Sie drückte ihn so weit nach vorne ins Eck, dass ich ihn sehen musste. Mann, das war Clark Kent persönlich! Ein Adonis von Mann. Anfang, Mitte 30, vermutlich Model oder Gott. Dann zog sie ihn wieder weg und ich hörte ihn sagen: „Hey, Harp, was soll das?" Dann präsentierte sich Harper mir ein letztes Mal, grinsend und mit einer stark sexuellen Geste, ehe sie verschwand.

Ihre Geste war ihre Zunge, die sie genüsslich ausfuhr und damit ihre Lippen umspielte. Saublöde Kuh, dachte ich, die wird mir meinen Spaß nicht nehmen! Derweil hatte Grace aufgeraucht und war bereit für eine nasse Dusche mit mir. So bereiteten wir unser Heavy Petting vor. „Hast Du Lust, diesmal es mir auch mit dem Mund zu machen, also mir einen zu blasen?", fragte ich Grace. Sie schaute mich schüchtern an. „Keine Sorge, Mädel, ich helfe Dir. Alles wird gut. Keine Panik. Wir machen es genauso wie gestern mit der Hand.

Schritt für Schritt. Du kannst das, da bin ich mir ganz sicher", köderte ich sie. „Na gut", nickte sie entschlossen, „aber sei mir nicht böse, wenn ich es nicht so gut kann. Ich habe es noch nie gemacht." „Alles easy." Aber zuerst wollte ich Grace in Stimmung bringen. Ich küsste ihren schönen und tätowierten Körper über die Brüste hoch zum Hals, dann wieder herunter Richtung Pussy.

Gerade als ich mit der ultimativen Stimulation beginnen wollte, knallte es von nebenan. Ich horchte auf. Auch die Grace horchte auf. Dort drüben ging so einiges ab. Es kam aus Harpers Appartement. Aha! Lustgestöhne. Superman musste Harper ganz schön rannehmen. Sie schrie sich die Seele aus dem Leib. Er musste sie massiv penetrieren … oder sie hatte gerade den allerlängsten Orgasmus der Welt.

Man hörte das Bett wackeln und immer wieder gegen die Wand scheppern. Hut ab vor so viel Power, Meister! Grace schaute mich überrascht an und lachte. Ich lachte mit, denn komisch war es ja schon. „Schließe jetzt Deine Augen und genieße", lud ich Grace ein, sich fallenzulassen. Während sie das tat, begann ich, mit der Zunge ihr Inneres zu erkunden. Ich streichelte ihre inneren sowie ihre äußeren Schamlippen entlang.

Gleichzeitig fand ich ihren Kitzler und verwöhnte diesen nach Strich und Faden. Grace war ja auch eine Lautbrüllerin, also sollte Harper es ruhig hören. Nebenan war jetzt endlich Ruhe eingekehrt, dieser Typ hatte es Harper und sich selbst wohl richtig besorgt und brauchte jetzt eine Auszeit. Nun war Grace dran, mich zum Glänzen zu bringen. Ihr erster Orgasmus kam. Sie schrie laut. Ich fand's so geil. Aufhören konnte ich nicht, denn Harper sollte hören, was für ein toller Hecht ich bin.

Also machte ich weiter, immer weiter, noch weiter, endlos weiter, bis Grace am Ende ihrer sexuellen Kräfte angelangt war. Ich habe diesmal wirklich nicht mitgezählt, aber es müssen 6-7 Orgasmen gewesen sein, die Grace in 20 Minuten Oralsex von mir erhielt. Und einer lauter und heftiger als der andere. Damit hatte ich es der blöden Schnepfe Harper gezeigt. Sieger dieser Runde ganz klar: The Womanizer.

Nun sollte und wollte auch ich auf meine Kosten kommen. Ich gab Grace eine theoretische Einführung in das Thema Blowjob. Grace hörte aufmerksam zu und war willig, ihr Bestes zu geben. Tat sie auch, aber leider war es nicht gut genug für mich. Sie lutschte und kaute derart ungeschickt an meinem Penis herum, dass mir die Lust verging. Ich korrigierte sie immer wieder, bis sie weinend abbrach und sich unter der Bettdecke verkroch. Ich war genervt.

Ich zog die Bettdecke weg und suchte das Gespräch. Grace war überfordert, das war mir klar. Ein weiterer Blowjob-Versuch würde hier und jetzt keinen Sinn ergeben. „Holst Du mir wenigstens einen runter?" „Wenn Du magst, schlafe ich mir Dir." Das war ein Wort. Eine faire Entschuldigung und Versöhnung. Graces Pussy war Penetration von Dildos ja gewohnt, also konnte es diesmal ja auch ein echter Knüppel für sie sein. Einer mit dicken Adern, durch die echtes Blut fließt.

Grace legte sich auf den Rücken und öffnete ihre Beine weit. Ich spielte meinen Dick kurz steif und drang dann mit rotem Gummi ein. Dann startete ich den Fick. Ich wollte hart rammeln, um es Harper nebenan so richtig zu zeigen, doch das wäre der unschuldigen Grace gegenüber unfair gewesen. Verletzen wollte ich sie körperlich nicht. Also schlief ich behutsam mit ihr. Ihr schien es sogar Spaß zu machen.

Grace stöhnte dabei leise, aber intensiv mit und klammerte sich ganz fest an mich. Ich genoss diese Unsicherheit ihrerseits und verzögerte meinen Orgasmus, um noch länger in ihr sein zu können. Ihre Muschi war warm und wet. Nach etwa 20 Minuten Missionarsspiel wollte ich endlich kommen. Ein paar tiefere und schnellere Stöße, dann zog ich ihn heraus, riss mir das Kondom herunter und wollte auf Graces Körper wichsen.

Doch sie war schneller, ergriff meinen Schwanz, setzte sich auf und führte ihn zu ihrem Mund. Da kam ich auch schon. Grace nahm ihn tatsächlich in ihren Mund, während ich Ladung für Ladung abschoss. Sie wusste nicht wie Schlucken geht, das merkte ich ihr an. Armes Ding. „Lass rauslaufen", rettete ich ihr das Leben. Grace nahm meinen Tipp dankend an. Nach etwas Kuscheln wollte sie die obligatorische Zigarette danach.

 Soweit sind wir jetzt schon: Eine davor und eine danach. Wird denn nur noch geraucht?! Ich setzte mich mit ihr auf unseren Balkon. Die Frottee-Bademäntel waren schön kuschelig und frisch. Und da hörte ich wieder die Balkontür von nebenan. Auch Harpers Stimme hörte ich. Da, sie riskierte wieder einen Blick und blickte in mein überaus glückliches Gesicht. Da zeigte sie mir den Stinkemittelfinger und verschwand wieder. Grace hatte davon nichts bemerkt, zum Glück.

So ging das noch 3 Abende und Nächte mit Grace und mir, dann beichtete sie mir von ihrem Urlaub, der anstand. Sie flog für 14 Tage an das andere Ende Amerikas, nach Montana. Zu ihren Eltern, die sie zweimal jährlich besucht. Braves Mädel. Der Abschied von ihr fiel mir schwer, doch gab mir gleichzeitig die Möglichkeit auf neues Frischfleisch. Die Arbeit mit Logan und seinem Team lief spitzenmäßig. Wir waren voll im Zeitplan, überaus kreativ und konnten unsere Visionen umsetzen.

An meinem ersten Abend ohne Grace aß ich alleine im Hotel. Ich hatte gerade bestellt und war in mein Smartphone vertieft, um Andrea zu schreiben, da setzte sich doch jemand an meinen Tisch. Ich schrak auf und schaute hoch: Es war Harper. Oh Nein! Die etwa 35-Jährige saß mir gegenüber. Ich überlegte. Abhauen wäre das Beste. Ich wollte aufstehen, doch sie versperrte mir den Weg. „Hinsetzen", dominierte sie mich. „Wir beide reden jetzt."

Ich gehorchte wortlos. Harper sah gut aus. Hatte sie sich extra hübsch gemacht für mich? Ihre dunkelblonden Haare hatte sie zum Zopf zusammengebunden. Sie trug Businessstil. Top und Rock. Und eine Brille. Schick. „Passen Sie auf. Wir sollten den Kindskram beenden. Ist ganz schön anstrengend mit Ihnen." „Sie sind es, die mir das Leben schwer macht", gab ich zurück. „Wer hat mich denn gegen die Wand gebumst?"

„Ich habe Sie versehentlich gegen die Wand gestoßen, das stimmt, aber gebumst habe ich Sie nicht." Schönes Wortspiel. Bravo, Womanizer! Sexy Harper schaute mich durchdringend an: „Dafür haben Sie ja eine andere Tussy gebumst." „Und Sie haben Superman gebumst." Es machte einfach keinen Sinn mit uns. Wir beide waren auf Krawall aus. Eine vernünftige Kommunikation konnte so nicht entstehen. Wer gab nach? Keiner. Diese aggressiven Wortspiele setzten sich fort, bis ich aufstand und meinte:

„Sorry, ich muss jetzt arbeiten gehen. Auf bald." So ließ ich Harper einfach sitzen. Der Arbeitstag war diesmal irgendwie lang und nachdenklich. Ich zog mich ein wenig aus der Teamleitung zurück und übertrug Raymond etwas mehr Kompetenz. Der lange Dunkle übernahm gut. Stattdessen beschäftigte mich Harper. Ich fand ihren Auftritt am Morgen eigentlich ziemlich cool.

Immerhin war sie auf mich zugegangen, hatte sich zu mir gesetzt und das Gespräch begonnen. Hatte ich überreagiert? Hm. Keine Ahnung. Endlich, endlich war der Tag geschafft. Dieser war nicht ganz so produktiv gewesen, aber immerhin. Auf ins Hotel. Da Harper nirgendwo zu sehen war, klopfte ich mutig an ihrer Tür. Doch keiner öffnete. Daraufhin schrieb ich folgende Nachricht und hinterlegte sie an der Rezeption für sie:

„Liebe Zimmernachbarin, ich möchte mich noch einmal in aller Form bei Ihnen für den versehentlichen Rempler entschuldigen. Gerne bei einem gemeinsamen Dinner heute Abend. Sollten Sie diese Botschaft bis 21 Uhr lesen, klopfen Sie doch einfach bei mir oder rufen Sie mich an. Ansonsten morgen um 7 Uhr zum Frühstück. Beste Grüße, Ihr Zimmernachbar". Ich duschte mich frisch und wartete. Die Zeit verging, doch Harper meldete sich einfach nicht.

Ich telefonierte mit Andrea und meinen Kids. Schön war´s, wie immer. Doch Harper meldete sich nicht. Das machte sie doch bestimmt absichtlich! Diese blöde Kuh! Um 23 Uhr entschloss ich mich, schlafen zu gehen. Da plötzlich klingelte das Telefon. Ich ließ es klingeln. Es klingelte wieder. Ich ließ es nochmal durchklingeln. Es klingelte zum dritten Mal. Diesmal nahm ich ab.

„Sie können ruhig eher drangehen", fuhr sie mich sofort an. „Und Sie hätten ruhig früher durchklingeln können, anstatt mich so lange warten zu lassen" fuhr ich zurück. „Ich war noch unterwegs", konterte sie, „kam erst vor 20 Minuten zurück." Pause. Lange Pause. „Wie wär´s noch mit einem Absacker in der Hotel-Bar?", fragte sie. Hatte sie das wirklich gerade gesagt? „Sorry, aber ich liege schon nackt im Bett und möchte jetzt schlafen, es war ein langer Tag."

„Was, heute keine Frau abbekommen?" Diese Harper machte mich noch wahnsinnig. „Nein, heute lasse ich mal aus, die letzten Nächte mit der süßen Maus haben mich viel Kraft gekostet." „Angeber", pustete sie durch den Hörer. Pause. Lange Pause. Atmen. „Wirklich kein Absacker mehr?" „Wie gesagt, ich liege schon nackt im Bett und möchte jetzt einfach nur noch schlafen." „Wieso betonen Sie immer, dass Sie nackt sind? Wollen Sie mich anmachen?"

„Nein, das ist einfach eine simple Tatsache, dass ich gerade nackt bin. Und keine Sorge, Sie anbaggern? Sie sind eine so anstrengende Frau, das würde ich nicht durchstehen. Sie würden mich doch fertigmachen, wenn Ihnen was nicht passt." „Wollen Sie damit etwa sagen, dass ich nicht attraktiv bin?" „Das ist doch keine Frage der Attraktivität, sondern eine Frage des Verhaltens", moralisierte ich.

So ging das 10 Minuten weiter. Ein Hin und Her. Bis ich schließlich sagte: „Gut, jetzt haben Sie mich soweit. Herzlichen Glückwunsch. Von Schlafen ist kein keine Spur mehr bei mir. Jetzt bin ich sowas von wach. Vielen Dank dafür." „Dann also doch noch ein Absacker, oder?" Harper hatte gewonnen. „Sie haben gewonnen, Sie geben ja doch keine Ruhe", murrte ich und zog mich an. 5 Minuten später klopfte ich und holte sie ab.

Wieder 5 Minuten später saßen wir an der Bar und stießen an. „Schon ulkig: Da bekriegen wir uns tagelang, und jetzt haben wir sogar ein Date", lachte sie. „Ein Date?! Nein. Ich betrachte das als eine Aussprache", warf ich ein. „Egal was es ist, Prost", stießen wir erneut an und genossen den Alk. „Ich bin übrigens Harper", stellte sie sich mir offiziell vor. Nun begann zum ersten Mal ein normales Gespräch zwischen uns. Und siehe an, das war sogar möglich.

Harper war auf einmal friedlich und nett. Ich erzählte ihr von meinem Beruf und meinem Job hier in Florida. Sie hörte zu und staunte. Harper entpuppte sich als stellvertretende Geschäftsführerin einer Sportfirma. „Ich wohne jetzt schon 4 Wochen in diesem Hotel und arbeite mit dem hier ansässigen Team am Aufbau einer Filiale, gerade mal 10 km von hier. In 2 Wochen ist Eröffnung, dann geht es zurück nach Utah." Aha.

„Zu Werbezwecken sind auch einige Top-Sportler hier. Und die wollen top betreut werden." „Ja, das habe ich live gehört", antwortete ich und gab ihr damit eine Steilvorlage zum Konter. „Und Sie? Sie vögeln ja auch wild umher. Die Tussy war wahrscheinlich eine aus der Firma, für die Sie hier arbeiten, oder?" Ich gab ihr keine Antwort darauf, aber sie verstand. „Dachte ich´s mir doch." „Na, immerhin freue ich mich, dass Kundenservice in Ihrer Firma großgeschrieben wird", lächelte ich. Das brachte sie wieder auf die Palme.

„Sie haben Superman ganz schön glücklich gemacht, ich konnte es deutlich hören. Aber er hat sich ja auch gut revanchiert, auch das konnte ich deutlich hören." Harper lachte laut: „Sie sind mir ja echt einer! Unglaublich, wie Sie es draufhaben, Frauen zu provozieren." Wir stießen erneut an und ihre Augen signalisierten mir, dass sie sich in meiner Anwesenheit – trotz all der Differenzen, die vorgefallen waren – wohlfühlte.

Also wechselte ich – rein formell – zum Du. Im Amerikanischen ist „you" ja einheitlich, aber je nachdem, wie man es ausspricht und wie man sich mit wem unterhält, ist schnell klar, ob das Gespräch per „Sie" oder per „Du verläuft. Ab nun war es zwischen Harper und mir also per „Du". Jedes Glas Alkohol machte uns fröhlicher. Wir lachten immer lauter und verstanden uns immer besser.

Gleichzeitig wurde Harper auch immer hübscher. Spürte ich da etwa die Begierde, diesen Tasmanischen Teufel zu ficken? Diese Zicke? Hm. Als es 1 Uhr war, zog ich den Stecker: „Du, ich muss morgen früh raus. Danke für den netten Abend und die Versöhnung. Bedeutet mir viel. Und nochmal Sorry für alles, was passiert ist." „Alles Schnee von gestern", kumpelte Harper mich und trank aus.

Gemeinsam fuhren wir hoch in unseren Stock. „Du, ich habe noch etwas für Dich", rief sie und ließ mich vor ihrer Tür stehen. Kurz darauf war sie zurück und drückte mir meine Uhr in die Hand: „Hier, mir ist sie ohnehin zu groß und zu männlich. Dir steht sie besser. Nimm sie zurück." Ich griff sofort zu und zog mir meine Uhr an. 18 Kt. Rotgold Gehäuse, 40 mm, Wasserdichtheit 3 bar, 35111 Kaliber, Automatikaufzug, Frequenz 28800.0 vph (4.0 Hz), 163 Komponenten, 25 Steine, Genfer Streifen und Perlage.

Datumsanzeige und Saphirglas, gewölbt, beidseitig entspiegelt, Zentrumsekunde mit Stoppvorrichtung, versilbertes Zifferblatt, dunkelbraunes Alligator-Lederarmband. Ja, ich hatte somit meine 12.000 Euro wieder. Jubel!! „Magst Du noch kurz reinkommen?", fragte sie erotisch. Normalerweise gibt es da für mich kein Halten mehr, aber ich wollte Harper nicht gleich ihre Wünsche erfüllen, sondern sie noch etwas zappeln lassen.

Mir war mittlerweile klar geworden, dass sie auf mich stand. So richtig auf mich stand. Deshalb auch das ganze Theater die Tage zuvor. Und wenn ich ehrlich zu mir selbst war: Ich stand auch auf sie. Harper hatte es mir angetan. Ich musste diese Frau haben! Aber nicht heute Nacht. Zeit war ja noch genügend da. Nach einem gemeinsamen, wirklich schönen Frühstück von 7-8 Uhr am nächsten Morgen düste ich zur Arbeit.

Gut gelaunt war ich. Noch gut gelaunter wurde ich, als mir Eleanor hübsche Augen und Avancen machte. Dies geschah über eine WhatsApp-Nachricht. Sie hatte meine Nummer ausfindig gemacht und mir geschrieben. Schonungslos ehrlich: „Hey, ich steh auf Dich. Würde Dich gerne vernaschen, wenn ich darf. Heute Abend? Kuss, Eleanor." Mutig, diese hübsche Blondine. Ich schrieb ich sofort zurück: „Sexy Lady, wir haben ein Date!" Darauf sie: „Nach der Arbeit zu mir?" Ich: „Jep."

Was soll ich sagen: Der Arbeitstag war super! Voller Power und Energie puschte ich mit meinem Team durch. Viel Blickkontakt mit Eleanor. Und zwischendurch immer die lustaufbauenden Nachrichten. Eleanor: „Noch 4 Stunden, dann gehörst Du mir." Ich: „Noch 4 Stunden, dann verwöhne ich Dich, dass Dir Hören und Sehen vergeht." Sie: „Ich bin absolute Blowjob-Expertin." Ich: „Lass mich testen!" Sie: „Wie oft kannst Du eigentlich am Abend kommen?" Ich: „Öfter als Du denkst."

Endlich war es 18:30 Uhr. Während die Leute nach und nach gingen, verabredete ich mich mit Eleanor ums Eck. Dort stiegen wir in ihr schickes Auto und fuhren zu ihr. Allerdings war die Fahrt lang: Über 1 Stunde. Eleanor wohnte etwas außerhalb, dazu der Verkehr. Ich wurde langsam nervös, denn ich hatte längst einen Steifen stehen und war geil auf Eleanor. Das lag auch daran, dass sie ein sehr kurzes Kleid trug.

Eleanors wunderschöne Beine gefielen mir ungemein. Plötzlich fasste ich sie einfach an. Eleanor genoss es. Ich streichelte ihren Oberschenkel und rückte mit der Hand immer weiter unter ihren Rock. Es wurde immer wärmer. Doch viel mehr ging da nicht, da im engen Verkehr alle Leute große Augen hatten. Und im prüden Amerika ist das gefährlich. Ich möchte nicht im Knast landen. Als der Wagen geparkt war, eilten wir in ihre Wohnung. Schön lebte sie!

Ein eigenes kleines Häuschen am Stadtrand. Zeit für die Dusche war keine, schon fielen wir übereinander her. Eleanor wollte mich sofort spüren. Sie schnappte sich ein weißes Noppenkondom, zog mir die Hose aus, lutschte kurz an meinem Prügel herum, setzte die Kapuze drauf und drückte mich aufs Sofa. Dann hockte sie sich auf mich und begann zu reiten. Gut konnte sie das!

Ich hatte bislang weder ihre Brüste noch ihre Muschi gesehen, aber ich genoss den Fick. Ihr Rock versperrte mir die Sicht auf das Paradies, aber immerhin spürte ich es. Diese Position war die Einzige, die zählte. Eleanor ritt mal langsam, mal schneller, sie spielte mit unseren Körpern. Mein Dick wurde immer dicker, ihre Muschi immer muschiger, unsere Laute immer lauter. Genau gleichzeitig kamen wir zu unseren Höhepunkten. Eleanor ritt genüsslich weiter, während ich in ihr kam.

Doch Zeit, durch zu schnaufen, ließ mir das sexy US-Girl nicht. Schon hatte sie wieder mein Glied im Mund und blies es hart. Und tatsächlich: Es funktionierte! Auch wenn ich schon Ü40 bin und für manches nun mehr Zeit benötige als früher, zu meinen besten Jahren, zweimal hintereinander sollte immer noch funktionieren. Und Eleanor war eine Meisterin darin, mich geil zu machen. Denn diesmal durfte ich sie nackt sehen.

Ihr Körper war schön, trainiert und jung. Keine Falte zu viel. Wow! Ihr Muschieingang war kahl, darüber war ein kleines Büschel Schamhaare, rein dekorativ. Sah süß aus. Eleanor blies verdammt gut. Ihre 4 Ringe an der rechten Hand spürte ich dabei. Ihre Finger umfassten meinen Dick genau richtig. Es war eine exzellente Mischung aus Blasen und Wichsen. Genauso liebe ich es! So durfte ich ein zweites Mal kommen. Ja, Eleanor schluckte alles.

Ein bisschen Smalltalk, dann wollte ich Pussy lecken. Eleanor legte sich hin und atmete tief. Sie war aufgeregt. Genau wie ich. Ich begann zu lecken, doch sie schmeckte mir nicht. Sachen gibt´s. Da stinken die schönsten Frauen. Unglaublich so etwas! Na gut, sie hatte nicht geduscht, aber trotzdem törnte es mich mehr ab als an. Ich wechselte zu einer anderen Technik: Ich küsste ihren Bauch und die Brüste, während ich mit der Hand weitermachte. Während ich ihre Clit bearbeitete, tauschten wir heiße Zungenküsse aus.

Als sie nach etwa 5 Minuten kam, biss sie mir fast die Zunge ab. Dann duschten wir und kuschelten etwas, ehe wir einschliefen. Früh raus mussten wir am nächsten Morgen, um pünktlich zur Arbeit zu kommen. Schon wieder dieser lästige Berufsverkehr. Eklig! Und stressig. Am Abend gab es diesmal leider kein optimales Zeitfenster für Eleanor und mich, da ein großes Teamessen anstand. Und da durften wir nicht fehlen. Es wurde wieder ein feuchtfröhlicher Abend. James erzählte wieder eine Menge krasser Witze. Diesmal waren zuerst Bürowitze dran. Hier ein kleines Best of:

➜ Kommt eine Mitarbeiterin zu ihrem Chef: „Eben kam der Anruf von einem Kunden, mit der Bitte um Rückruf." „In Ordnung", sagt der Chef, „vielen Dank.

Wer war es denn?" „Den Namen habe ich leider nicht verstanden", antwortet die Mitarbeiterin beschämt. „No problem", beruhigt sie der Chef, „geben Sie mir einfach seine Telefonnummer, dann rufe ich zurück." „Super", freut sich die Mitarbeiterin und ruft im Hinausgehen: „Er meinte, seine Nummer hätten Sie!"

➜ Kommt ein Mitarbeiter zu spät zur Arbeit und wird von seinem wütenden Chef empfangen: „Das ist schon das vierte Mal, dass Sie diese Woche zu spät kommen. Was schließen Sie daraus?" „Es ist Donnerstag!"

➜ Ein größeres Unternehmen wechselt den Inhaber. Der neue Chef kommt in sein neues Unternehmen und will sich ein Bild machen. Da entdeckt er, wie ein Mann pfeifend in die Luft starrt und nichts arbeitet. Verärgert geht er auf den Mann zu und fragt ihn: „Wie viel verdienen Sie im Monat?" „1.500 Euro." Der Boss zückt 1.500 Euro aus seinem Aktenkoffer, wirft sie ihm hin und sagt zornig: „Bitteschön! Ich möchte Sie hier nie wieder sehen!" Kurz nachdem er weg ist, kommt ein Mitarbeiter auf den Boss zu und fragt erstaunt: „Wo ist der Mann hin? Mensch, Chef! Sagen Sie bloß, Sie haben zum Einstand die Pizza übernommen?"

➜ Der Chef erzählt einen Witz und alle Angestellten biegen sich vor Lachen. Nur eine Sekretärin nicht. „Sagen Sie mal, haben Sie denn überhaupt keinen Sinn für Humor?", fragt ein Kollege neben ihr. „Doch, schon, aber ich habe bereits gekündigt."

➜ „Wer hat Ihnen eigentlich gesagt, dass Sie hier den ganzen Tag faulenzen können, nur weil ich sie ein paar Mal geküsst habe?", tobt der Chef seine Sekretärin an. Mit einem Lächeln erwidert die Sekretärin: „Mein Anwalt!"

➜ Der Bewerber um den neuen Büroposten sagt zaghaft zum Personalchef:

„Eines muss ich Ihnen noch gestehen – ich bin ein bisschen abergläubisch." „Das macht doch nichts", meint der Chef, „dann zahlen wir Ihnen kein 13. Monatsgehalt."

Aber dann wurde es natürlich auch wieder pervers. James zog richtig heftige Sex-Witze aus seiner Schublade. Hier ein paar, an die ich mich noch gut erinnern kann:

➔ 2 Frauen mittleren Alters stehen vor dem offenen Grab ihrer gemeinsamen Freundin, die insgesamt 13 Mal verheiratet war. „Jetzt, Himmel Herrgott, sind sie endlich zusammen", seufzt die eine. „Welchen von ihren verstorbenen Männern meinst Du denn?" „Keinen", folgt die Antwort, „ich meine ihre Beine."

➔ Ein Mann und eine Frau sitzen nebeneinander im Flugzeug. Ganz aufgeregt erzählt die Frau: „Ich komme gerade von einem internationalen Frauenkongress. Dort haben wir mit ein paar alten Vorurteilen aufgeräumt. Nicht die Franzosen sind die besten Liebhaber, sondern die Polen. Und nicht die Italiener haben die längsten Glieder, sondern die Indianer." Daraufhin der Mann: „Entschuldigung, ich vergaß mich vorzustellen. Gestatten, Winnetou Kowalski."

➔ Ein Paar, das schon etwas länger miteinander verheiratet ist, geht zu Bett. Gerade am Einschlafen, bemerkt die Frau, dass sich ihr Mann ihr in ungewohnt zärtlicher Weise nähert. Zuerst streicht er über ihren Nacken, dann entlang ihrer Schultern, den Rücken entlang bis zu ihren Hüften. Anschließend berührt er ganz leicht ihre Brüste, lässt seine Hand über ihren Bauch gleiten und umschmiegt nochmals ihre Hüften.
Dann gleitet seine Hand an der Außenseite ihres rechten Beines entlang bis zu ihrem Knöchel, um anschließend an der Innenseite ihres Beines hinauf zu streichen. Anschließend am anderen Bein dasselbe.

Die Frau, mittlerweile schon ziemlich erregt, stöhnt leise auf und versucht, es sich etwas bequemer zu machen. In diesem Moment unterbricht ihr Mann abrupt und dreht sich auf die andere Seite des Bettes. „Hey, warum hörst Du auf, Schatz?", flüstert sie irritiert. Er, ebenfalls flüsternd: „Ich habe die Fernbedienung endlich gefunden."

➔ Der 18-jährige Jey überreicht seiner Angebeteten Molly einen großen Rosenstrauß. Diese zieht sich hocherfreut aus, legt sich auf die Couch, spreizt ihre Beine weit und haucht ihm ins Ohr: „Das ist für die herrlichen Blumen." Meint Jey verstört: „Hast Du denn keine Vase im Haus?"

➔ Fragt die Ehefrau ihren Gatten: „Was magst Du mehr, meinen wunderschönen Körper oder meine überragende Intelligenz?" Er, nach kurzer Überlegung: „Eher Deinen Sinn für Humor."

➔ Eine bildhübsche Tänzerin geht splitterfasernackt in ein Eiscafé, setzt sich auf die Terrasse und bestellt einen großen Stracciatella-Eisbecher. Bleibt der Kellner angewurzelt stehen und starrt sie an. Da fragt sie ihn streng: „Was gaffen Sie denn so? Haben Sie noch nie eine nackte Frau gesehen?" „Doch, schon, aber ich frage mich, wie Sie nachher Ihr Eis bezahlen wollen."

➔ Ein Fernfahrer geht ins Bordell und sagt zur Empfangsdame: „Ich möchte gerne die hässlichste Frau für eine Nacht, dazu kalten Hackbraten und 3 Dosen Bier. Ich zahle 500 Euro." Die Puffmutter: „Für das Geld bekommen Sie mein schönstes Mädchen!" Fernfahrer: „Damit wir uns nicht missverstehen. Ich bin nicht geil, ich habe Heimweh!"

➔ Eines Tages bricht die 12-jährige Tochter das Schweigen am Abendtisch und verkündet:

„Ich bin keine Jungfrau mehr!" Da breitet sich eine unheimliche Stille im Haus aus. Wenig später schreit der Vater die Mutter an: „Marta, Du hast Schuld! Du ziehst Dich immer frivol an und verdrehst den Männern dauernd die Köpfe! Außerdem fluchst Du immer obszön vor unserer Tochter!" Zur 20-jährigen Tochter keift der Vater: „Und Du bist auch mitschuldig! Vögelst mit jedem auf unserem Sofa, wenn wir ausgehen! Und dies vor den Augen unserer kleinsten Tochter! Du musst nicht glauben, dass ich nicht weiß, dass Du einen Vibrator im Nachttisch hast."

Die Mutter zum Vater: „Halt mal die Luft an! Gerade Du regst dich auf! Du gibst immer die Hälfte Deines Lohnes für Nutten aus, und seit wir Kabelfernsehen haben, schaust Du nichts anderes als Pornofilme! Sogar wenn unsere jüngste Tochter dabei ist! Und dann noch Deine Sekretärin, die Dir andauernd einen bläst!"

Die schluchzende und verzweifelte Mutter wendet sich ihrer 12-jährigen Tochter zu und fragt: „Aber Liebling, wie ist es denn passiert? War es vaginal oder anal? Bist Du vergewaltigt worden oder hast Du mit einem süßen Mitschüler geschlafen?" Die Tochter erwidert erstaunt: „Aber nein, Mami. Unsere Lehrerin hat meine Rolle im Weihnachtstheater nun getauscht. Ich bin nicht mehr die Jungfrau, sondern die Hirtin!"

➜ Ein Vater will herausfinden, wie viel seine 6-, 10- und 14-jährigen Töchter bereits über Sex wissen. Er geht zu seiner ältesten Tochter, lässt die Hose herunter und fragt sie, was das da unten sei. Die 14-Jährige: „Ein Penis." Vater: „Und was macht man damit?" Tochter: „Ficken." Der Vater verpasst ihr eine Ohrfeige: „Schäm Dich! Du bist noch zu jung dafür!"

Er geht zu seiner 10-jährigen Tochter und lässt wieder die Hose herunter: „Was ist das?" Die 10-Jährige: „Ein Penis." „Was macht man damit?" Tochter: „Ficken." Der Vater teilt wieder eine Ohrfeige aus und ermahnt sie: „Schäm Dich!

Du bist doch viel zu jung für so etwas!" Dann geht er zu seiner jüngsten Tochter und dasselbe Spiel beginnt. Hose herunter und die Frage: „Was ist das?" Die 6-Jährige: „Ein Penis." Vater: „Und was macht man damit?" Tochter: „Spielen." Vater: „Spielen? Was meinst Du damit?" Die 6-Jährige: „Na, spielen eben. Zum Ficken ist er zu klein!"

Also, dieser James ist eine Witzkanone. Großartig, dieser Kerl. Gleichzeitig konnte ich aber auch kaum das Ende des Abends abwarten, um noch eine heiße Nacht mit Eleanor zu verbringen. Klar war, dass sie diesmal zu mir ins Hotel kommen würde, das war ja nur ein paar Minuten entfernt. Besser als 1 Stunde im Auto herum zu gurken. Gegen 23 Uhr konnte ich mich losreißen. Eleanor kam ein paar Minuten später nach und wir steuerten mein Hotel an.

Mit Eleanor im Arm huschte ich rein, und natürlich genau Harper in die Arme. Der Lift öffnete sich, und da stand sie, als ob sie uns abgepasst hätte. Mit großen Augen starrte Harper mich an, dann musterte sie Eleanor von oben bis unten. Der Lift fuhr zuerst eine Etage tiefer, da stiegen 2 Männer zu. Dann wieder Erdgeschoss, da kam 1 Frau rein. So dauerte es eine Weile, bis wir in meinem Stockwerk waren. Harper musterte Eleanor und mich ganz genau. Aber sie hielt sich zurück. Gott sei Dank. Ich versuchte, ihr über kleine Gesten ein Zeichen des Verständnisses einzubläuen und konnte nur hoffen, dass das ankam.

Wortlos stiegen wir aus und brachten uns in Sicherheit. Irgendwie hatte ich schon ein schlechtes Gefühl Harper gegenüber. Am Vorabend hatte ich mich nicht blicken lassen, da ich ja bei Eleanor nächtigte. Und diese Nacht präsentierte ich ihr meine neueste Flamme live and in living colour.

Naja, ich bin ein freier Mann und kann tun und lassen, was mir gefällt. So genoss ich mit Eleanor eine geile Nacht. Wir duschten uns frisch und sie blies mir einen unter dem laufenden Wasser. Beenden wollte sie es aber im Bett: Dort fickte sie mich zum Orgasmus, der allerdings schon nach nur 2 Minuten Ritt kam. Ich befriedigte sie dann mit Hand und Mund. Diesmal schmeckte Eleanor deutlich besser, sie war frisch und clean.

Ich züngelte sie zu 3 heftigen Orgasmen. „Mehr, weiter, mehr, weiter", stöhnte sie immer wieder. Ich war eine Maschine und holte sogar noch einen vierten Höhepunkt heraus. Dann wollte sie von hinten genommen werden. Ich genoss es mit Blick auf die breite Spiegelwand meines Wandschrankes. Es war ein guter Fick. Hart besorgte ich es ihr, das Bett knarrte und Eleanors Schreie durchdrungen mehr als nur eine Wand. Am frühen Morgen lieber nochmal ein Fick als das Frühstück, dann hechelten wir zur Arbeit.

Doch ich wurde zurückgepfiffen. „Hallo! Hier ist eine Nachricht für Sie", rief der Rezeptionist. Ich nahm sie an mich und wir fuhren los. Mir war klar, dass es eine Botschaft von Harper sein musste. In einem Moment der Ruhe – gegen 11:20 Uhr – öffnete ich den Umschlag, darin befand sich ein handgeschriebener Brief:

„Also, ich bin schon sehr enttäuscht darüber, dass Du mich nach unserer Versöhnung links liegen lässt. Ich dachte, da wäre etwas Spezielles zwischen uns entstanden. Stattdessen vergnügst Du Dich mit der nächsten Hübschen und ich muss mir Euer wildes Sex-Gestöhne nachts dann auch noch anhören. Eine Frechheit! Wenn Du mich nicht willst, dann sag es mir Face to Face. Harper". Puh, diese Frau macht schon wieder Probleme.

Ich wollte und musste das Problem mit ihr lösen. Da ihre Mobilnummer drunterstand, schrieb ich ihr eine WhatsApp, was sie wohl beabsichtigt hatte. Ich textete: „Hey Harper, nicht sauer sein, nur weil ich eine schöne Nacht hatte. Heute Abend ein gemeinsames Abendessen. 19 Uhr im Hotel. Du und ich." Kurz darauf kam ihre Antwort: „Nein. Ich will zuerst wissen, wie Du zu mir stehst." Ich: „Das erkläre ich Dir heute Abend beim Essen." Sie: „Leck mich!" Ich: „Gerne!" Sie: „Dann tu´s doch!" Ich: „Heute nach dem gemeinsamen Abendessen!"

Daraufhin schickte sie mir einen Smiley. Damit war die Sache wohl geritzt. Ich musste Eleanor leider absagen für den Abend. Und eines nehme ich vorweg: Ich sagte Eleanor für den Rest meinen USA-Trips ab, denn das, was sich an diesem besonderen Abend entwickeln sollte, sprengte die Grenzen meiner Vorstellungskraft. Der Reihe nach: Ich arbeitete sehr tüchtig mit meinem Team, ehe der Abend sich lustvoll einläutete.

18:30 Uhr war ich in meinem Hotelzimmer, machte mich frisch und schick für Harper. Ich klopfte an ihre Tür. Sie öffnete. Mich traf fast der Schlag: Splitternackt empfing sie mich. „Sorry, aber ich bin noch nicht fertig. Hat alles etwas länger gedauert heute. Ich habe gerade geduscht, muss mich noch eincremen und anziehen. Komm solang rein, wenn Du magst." Ich mochte. Sogar sehr. Harpers etwa 35-jähriger Körper war wunderschön. Zwar sehr schlank, aber nicht dünn. Ein kastanienbrauner, schön gestutzter Schamhaarstrich dekorierte ihren Schritt.

Zierlich und gleichzeitig elegant bewegte sie sich durch den Raum. So, als wenn es das Normalste der Welt wäre, sich einem Fremden nackt zu zeigen. Ich starrte sie an und ihr hinterher. Harper schüttelte sich ihr nasses Haar aus und holte eine duftende Creme. Damit begann sie sich einzureiben. „Du kannst mir den Rücken machen, hier", forderte sie mich auf, zum Täter zu werden. Ich zu ihr hin. „Wasch Dir aber erst die Hände", ermahnte sie mich.

„Die sind sauber, gnädige Frau", murrte ich, „aber gerne wasche ich sie noch einmal für Dich." Dann nahm ich Creme und massierte diese sanft in ihren stehenden Rücken ein. Gut fühlte er sich an, aber etwas knochig. Dafür kein Fett. Ich glitt tiefer bis zu Harpers Po, auch den cremte ich ein. Noch tiefer, ihre Beine entlang. Bis zum Boden. Da drehte sie sich plötzlich um. Mein Kopf war, da ich kniete, nun genau auf ihrer Pussyhöhe. Ich blickte auf, blickte vor, blickte ins Paradies.

Ich schaute sie an. Sie nahm meinen Kopf und drückte ihn 15 cm nach vorne. Ihr wisst, wo ich dann war. Sie stehend, ich kniend wurde aus dem Eincremen heißer Sex. Ich umfasste ihr Becken und tauchte sofort mit meiner Zunge in ihr Paradiso ein. Harpers Muschi schmeckte nach Pfirsich. Lecker!

Ich züngelte zuerst normal herum, dann setzte ich Katjas legendäre Technik ein. Die machte den Unterschied und ließ Harper kurz darauf fast umfallen. Heftig zuckte sie und stieß laute Stöhn-Schreie aus. Dann beruhigte sie sich und schnaufte aus. Genug war aber nicht genug. Wir fingen erst richtig an. Ich trug sie – leicht wie eine Feder – aufs Bett. Aus dem bekleideten Womanizer bleib ein bekleideter Womanizer. Lediglich meine Schuhe und das Sakko streifte ich ab.

Harper lag nun da, willig und breitbeinig, um von mir endlich gevögelt zu werden. Doch ich ließ sie bewusst zappeln und machte es ihr erneut oral. Harper griff rechts und links nach dem Bettlaken und zerknüllte es. Ich derweil fleißig am Lecken und Züngeln ihrer klitoralen Weiblichkeit. Sie kam erneut. Diesmal noch heftiger, da sie liegend sicher noch besser entspannen und genießen konnte als stehend. Doch genug hatte ich noch nicht.

Ein drittes Zungenspiel vollendete das königliche Vorspiel. „Und jetzt zieh Dich an, wir gehen essen", läutete ich den kulinarischen Teil des Abends ein. „Aber ich will auch Dich verwöhnen und spüren", säuselte sie. „Später", dominierte ich sie und baute eine heftige Spannung in meiner Hose auf. Harp gehorchte widerwillig. Sie versuchte, mir zweimal an den Reißverschluss zu gehen, doch ich blockte beide Male ab. Auf zum Essen. Wir dinierten köstlich:

Praline von der Ochsenbacke auf süß-sauren Linsen, gefolgt von Lauchcremesuppe. Chili-Beeren-Sorbet. Schwarzem Heilbutt auf Kräuterrieslingsauce mit Kartoffel-Lasagne und frischen Pilzen. Zum Nachtisch Guerilla Brownie mit Vanille-Himbeereis. Je mehr wir aßen, desto satter wurde ich. Normal. Aber auch umso geiler wurde ich, da ich wusste, dass Harper mich sicher gleich sowas von geil befriedigen würde. Ja, diese Spannung, die sich zwischen uns aufgebaut hatte in nun fast 10 Tagen, war horrend groß. Die musste endlich raus.

„Lass uns noch einen Verdauungsspaziergang machen. Ich bin gerade so voll, ich brauche noch etwas", murmelte sie. „Einverstanden." Wir schlenderten durch die Straßen und unterhielten uns. Harper verriet mir, dass sie sogar einmal verheiratet war. Vor 10 Jahren im Suff in Las Vegas. Die Ehe hielt gerade mal 20 Tage.

2 Fehlgeburten hatte sie vorzuweisen, Teil ihrer letzten richtigen Beziehung. Ich ließ sie plaudern. Als wir wieder zurück zum Hotel gelangten, war klar: Jetzt sind wir bereit, um uns das Hirn raus zu vögeln. Noch bevor ich meine Schuhe ausziehen konnte, war mein Reißverschluss unten und die kleine Harper kniete vor mir. Klar, sie bewunderte mich. Sie verehrte mich. Sie himmelte mich an. Sie blies mir aber auch einen. Verdammt gut machte sie das.

Ihr Mund war feucht und warm, ihre zarte rechte Hand passte perfekt um meinen 15 cm langen, erigierten Penis und ließ ihn gleich nochmal 5 cm länger aussehen. Die Frau war eine Blowjob-Queen! Ihre Mundarbeit erinnerte mich an meine heiße Jugendaffäre Julia, die bis heute meine Nummer 1 aller Zeiten in Sachen Blowjobs ist. Keiner kommt da jemals ran. Harper war eine bärenstarke 2, von mittlerweile über 2.000 Frauen, die ich bis dato hatte.

Sensationell gut bediente sie mich, sodass ich nach 5 Minuten den point of no return überschritt und ihren Kopf sanft, aber entschieden nach hinten drückte. Sie wollte schlucken, also drückte sie zurück und hatte meinen Tricky Dicky wieder in ihrem Mund. So kam ich, während sie weiterblies und mir einen Wahnsinnsorgasmus schenkte. Sie schluckte alles. Als ich leer war, kippte ich um. Gott sei Dank stand hinter mir das Sofa, darauf konnte ich mich fallenlassen.

Harper stürzte auf mich, kichernd wie eine 18-Jährige. „Und, wie war ich? Besser als Deine anderen Tussen?" „Ich muss sagen, Harper, Dein Blowjob war unfassbar gut. Hast Du wirklich toll gemacht, Danke!" Sie wollte mehr hören: „Wie lange bleibst Du noch?" „Noch 6 Tage." „Gehören alle Abende uns?" Ich überlegte kurz: „Ja, die gehören alle uns." Sie küsste mich. Daraus ergab sich eine wilde Knutscherei. Etwa 20 Minuten lang küssten wir wie verliebte Teenies. Harpers Hand war wieder an meinem Schwanz und spielte ihn steif.

„Jetzt will ich Dich spüren", hauchte sie in mein Ohr. Gesagt, gespürt. Sie drückte mir statt des eingeforderten Präservativs die Hand: „Ich schwöre, ich bin gesund und habe eine Spirale." Das genügte mir. Ich stöpselte ihn ein und missionarisierte sie. Das Sofa war bequem. Jetzt wollte sie reiten. Tat sie.

Rücklings zu mir. Geil! Nun sollte ich sie Doggy Style nehmen. 4 weitere Positionen später – Harper war bereits heftig gekommen – musste ich die Sache beenden. Wir waren wieder da angekommen, wo wir gestartet hatten: in der Missionarsstellung. Gnadenlos spritze ich in ihr ab. Dabei verengte sie ihre Pussy zwanghaft. Wahnsinn. Die 10 Tage Wartezeit hatten sich gelohnt. Nach dem kriseligen Start hatten wir alles richtig gemacht und unseren Streit mit heißem Sex begraben.

Nun konnten wir durchstarten. Die Nacht blieb ich bei ihr. Morgens überhörten wir den Wecker, dann musste es schnell gehen. Ohne Frühstück düste ich los. Tagsüber schrieben wir uns unzählige WhatsApps, was wir miteinander anstellen würden am Abend. Abend. Wir dinierten köstlich, dann ging es zu ihr. Wir entkleideten uns gegenseitig. Sie verband mir die Augen und befahl mir, mich zu entspannen. Ganz zärtlich berührte sie mich von oben bis unten und streichelte meinen trainierten Körper.

Mit 43 ist man keine 34 mehr, aber ich bin immer noch verdammt gut in Schuss. Zärtlich und zeitlos streichelte Harper mich, sicher eine halbe Stunde lang. Mein Ständer stand längst. Dann küsste sie meinen ganzen Körper von oben bis unten und von unten bis oben. Sicher 20 Minuten lang. Ja, sie wusste, wie man richtig Spannung aufbaut. Ich drehte schon durch, doch musste mich gedulden. Dann – endlich – berührte sie meinen Schwanz. Geil!

Mit edler Creme rieb sie ihn ein und massierte ihn sanft. Dann startete Harper einen Handjob. Slowly und bewusstly. Genüsslich und in Zeitlupe. Ich genoss es sehr. „Was hältst Du davon, wenn ich das Finale filme?", fragte sie. „Ja, warum nicht", entgegnete ich. Sie verschwand kurz zum Tisch, stellte dort ihr Smartphone auf und drückte auf Rekord. 15 Sekunden später war sie wieder bei mir. Ganz zärtlich massierte sie meinen Penis weiter. Mal mit der rechten Hand. Mal mit der linken Hand. Auch mit beiden Händen gleichzeitig.

Mal kraulte sie meine Eier, mal küsste sie die Spitze meiner Männlichkeit. Einen Blowjob gab es nicht. Schade. Irgendwann – ich hatte mittlerweile jegliches Gefühl für Zeit und Raum verloren, konnte ich nicht mehr. „Gleich komme ich, Süße", gab ich ihr hechelnd zu verstehen. „Schneller, schneller", drückte ich aufs Gas, doch Harper blieb auf der Bremse.

Sie wusste genau, was sie tat. Eine gefühlte Ewigkeit dauerte es, bis mein erster Samenspritzer herausschoss. Gewaltig war mein Orgasmus. „Ui", lachte sie, was wohl bedeutete, dass ich meinem Spitznamen „Hochspritzer" gerecht wurde. „Ui", nochmal, kicherte sie. Als ich fertig war, streichelte sie sanft meinen heiligen Gral aus. Dann verschwand sie kurz, um die Aufnahme zu stoppen, dann spürte ich sie wieder an mir.

Mit einem Handtuch wischte sie uns sauber, dann kuschelte sie sich zu mir in den Arm und schenkte mir mein Augenlicht zurück. Spätestens diese Massage rechtfertigte den Abschuss von Eleanor. „Hat's Dir gefallen?" „Und wie", küsste ich sie, „das war großartig!" „Du hast gespritzt wie ein Weltmeister, so etwas sieht man nicht alle Tage", kicherte sie. „Lass uns schauen", lockte ich sie.

15 Sekunden später lag sie wieder in meinem Arm und startete die Aufnahme. Sie hatte es seitlich aufgenommen, alles war gut zu sehen. Ihr schöner Körper, ihre liebevolle Massage, mein Ständer, mein schöner Körper. Ihre Mimik verriet, wie geil sie war. Ihre Haare trug sie lang und offen. Dann kündigte ich ihr meinen Orgasmus an und bat „Schneller". Ich fing schon an zu krampfen, doch sie lächelte nur. Genussvoll behielt sie ihr Lupentempo bei und strahlte, weil sie genau wusste, was gleich passieren würde.

Mein Körper krampfte endgültig zusammen. Ich hatte mittlerweile 2 Fäuste statt 2 Hände. Der erste Spritzer schoss wie eine Rakete hoch. Harper staunte „Ui" und blickte der Ladung nach. Auch meine nächsten Portionen waren kräftig. Wieder ein „Ui" von Harper. Sie verfolgte jeden Samenschuss vom Austritt bis zum Einschlag.

Höchst interessiert, so leidenschaftlich. So mag ich es. So soll es sein. So ist es mir würdig. „Schick mir bitte die Aufnahme, die möchte ich auch haben", küsste ich sie. Da ich ja die Augen großspurig verbunden hatte und unkenntlich war, durfte auch sie die Aufnahme behalten. Nun wollte ich mich revanchieren und sie verwöhnen. Was sie konnte, das konnte ich auch. Ich verband ihr die Augen und startete eine sinnliche Reise über ihren Körper.

Zuerst liebkoste ich ihn mit meinen Händen. Jeden Millimeter. 20 Minuten lang. Dann widmete ich mich ihrer Clit und rieb sie ganz langsam, aber intensiv zu ihrem ersten Höhepunkt. Als Harper ausschnaufte, startete ich mit vielen Küssen, den ganzen Körper entlang. Tausende waren es. Auch meine Zunge spielte mit. Nach 10 Minuten oralem Vorspiel gab es Oralsex. Ganz langsam, ganz behutsam, dafür umso intensiver. Harper hielt sich bei jedem Orgasmus den Kopf.

3 waren es, die ich ihr oral schenkte. Doch ich war nicht fertig. Harper war überrascht, als ich langsam in sie eindrang. „Wow, mega", stöhnte sie. Langsam schob ich mich vor und zurück. Mal kleine Bewegungen, dann tief hinein, bis zum Anschlag. Das gefiel ihr besonders gut. Denn je tiefer ich in ihr war, desto intensiver spürte sie mich. Am liebsten hätte ich schneller gerammelt, aber die Magie des Momentes sollte erhalten bleiben.

Es war sehr inniger Sex. Irgendwann musste ich kommen. Heftig ausladend lud ich aus und schenkte Harper eine Scheidenbesamung 1. Klasse. Danach zog ich ihr die Binde von der Birne und küsste sie auf die Augen, dann auf ihren Mund. „Du bist wirklich ein fantastischer Lover", lobte sie. „Noch besser als Superman?" „Ja, viel besser als Superman", gestand sie. Die Eleanor reagierte eingeschnappt, da ich ihr weitere Sexabende verwehrte. Doch sie hatte zu verstehen, dass es andere Frauen gab als sie.

Gott sei Dank war nach einem Gespräch unter 4 Augen Ruhe und ich hatte keine Szene zu befürchten. Die nächsten Abende zelebrierte ich mit Harp. Wir genossen unfassbar schönen und sinnlichen Sex zusammen, aber wir konnten auch hart und wild. Einmal fickte ich sie dermaßen hart, dass das Bett zusammenbrach. Wir beendeten es trotzdem, dann verschwand ich und sie rief die Rezeption und beschwerte sich.

Ein anderes Mal fickte ich sie unter laufender Dusche. Dabei ersoff ich fast. Zum Abschluss bat ich sie um ein Blowjob-Video, das sie mir natürlich genehmigte. Ich wollte manuell filmen. Durfte ich. Diesmal mit meinem Smart-o-phone. Ich lag da wir ein Prinz und ließ sie machen. In all ihrer Schönheit blies sie mich zu einem heftigen Orgasmus.

Als ich kam, ließ sie mich die ersten Spritzer sehen, dann lutschte sie mit dem Mund weiter. Diese Aufnahme zählt bis heute zu meinen allergeilsten. Der Abschied von Harper fiel mir schwer, aber auch von Logan und seinem Team, die ich echt liebgewonnen hatte. Unser Projekt wurde kurze Zeit später für den amerikanischen Fernsehpreis nominiert und mit Ehrungen überhäuft. Spült bis heute gutes Geld in meine Kasse. Ich versprach Logan und Harper, wiederzukommen.

Gekauft

Ja, ich kaufte Nele für 1 Nacht. Anders hätte ich diese 21-jährige Schönheit nicht bekommen. Nele lernte ich beim Bowling kennen. Bowling ist ein toller Sport, den ich seit vielen Jahren leidenschaftlich und auf hohem Level betreibe. Mir macht es großen Spaß, Strikes zu werfen und die Pins zu zerstören. Alle weg! Andrea kann mit Bowling nichts anfangen, also ist das seit vielen Jahren mein freier Mittwochabend.

Über die Jahre habe ich einige nette Menschen kennengelernt, die dieses Hobby mit mir teilen. Rückblick: Eine davon war Alice, frische 23 und Verkäuferin im großen Kaufland. Sie war hübsch, blond kurzhaarig, 1,74 m groß und 56 kg schlank. Schüchtern war sie, eine Frau von wenigen Worten. Ihr Style war nicht meiner, trotzdem hatte sie etwas an sich, das mir gefiel. Tätowiert war ihr Körper auch: An der rechten Wade ein Portrait von Mona Lisa, am Rücken etwas Großes.

Ich versuchte, mehr über sie zu erfahren, aber sie gab sich wortkarg und machte sich noch interessanter. Nach 6 Wochen wusste ich, dass sie in einer festen Beziehung war. 2 Wochen später wusste ich mit wem: einer 10 Jahre älteren Arbeitskollegin namens Judith. Ich hatte es gewusst! Der Womanizer erkennt Lesben gegen den Wind. Irgendwann war der Damm gebrochen und Alice öffnete sich. Sie war Lesbe seit ihrem 7. Lebensjahr:

„Da wusste ich, dass ich auf Frauen stehe." 4 Beziehungen hatte sie vorzuweisen, dazu viele kurze Sachen und Abenteuer. Einen Mann habe sie noch nie gehabt. Mochte sie nicht. Sie stehe voll und ganz auf Frauen. Nix bi. Schade, dachte ich. Ich erzählte Alice von meiner Beziehung mit Andrea und meinen Kindern. Sie freute sich.

Mir war klar, dass Alice tabu war, also entwickelte sich ein freundschaftliches Verhältnis. Nach jedem Match, das wir gegeneinander spielten, umarmten wir uns. Das machen wir immer so, mit jedem. Die Umarmungen mit Alice dauerten länger als die mit den anderen, und sie waren inniger, enger. Eines Tages ging es Alice nicht gut.

Als ich nachfragte, erklärte sie mir: Beziehungsprobleme mit Judith. Massive! Judith hatte sich in einen Mann verliebt und wollte die Beziehung mit Alice zu einer Dreier-Geschichte ausbauen und sich die Freiheit nehmen, neben Alice auch Georg lieben zu dürfen. „Das will ich aber nicht", sagte Alice traurig und wollte von mir eng gedrückt werden. „Sie bekommt alles von mir. Ich erfülle ihr all ihre Wünsche, beziehungstechnisch sowie sexuell.

Warum steht sie auf einmal auf einen Mann? Sie war immer eine Lesbe. Das tut mir weh!" Ich tröstete meine Lesbe und beruhigte sie: „Vielleicht ist es nur eine Phase. Vielleicht ist sie neugierig geworden und möchte ausprobieren, wie es ist mit einem Mann." „Sie hat es schon ausprobiert, die beiden hatten schon Sex miteinander, und sie will es wieder tun", heulte mir Alice ins Hemd.

„Und sie fand es auch noch schön mit ihm." Ich konnte Alice nicht helfen. In den Folgewochen erfuhr ich, dass Judith nun eine richtige Affäre mit Georg gestartet hatte und zweispurig fuhr. Sie lebte mit und liebte Alice, gleichzeitig datete sie Georg. Alice nahm das Ganze unglaublich mit. Trennen wollte sie sich nicht von Judith, dafür liebte sie sie zu sehr. Wochen vergingen. Eines Spielabends vertraute mir Alice sehr Spannendes an:

„Weißt Du was, Judith hat mich jetzt echt neugierig gemacht, wie das ist, Sex mit einem Mann zu haben. Sie erzählt, dass es etwas ganz anderes sei als Sex mit einer Frau. Ich habe noch nie Sex mit einem Mann gehabt. Noch nie einen geküsst, noch nie mit einem geschlafen. Interessieren würde mich das jetzt irgendwie schon. Ein einziges Mal." „Probiere es aus, dann weißt Du, wie es ist."

„Stell Dir vor, Judith hat mir Georg angeboten, er sei offen dafür, aber mit dem will ich nicht. Er ist eklig." „Für diesen Test würde ich nicht irgendeinen Mann nehmen. Du hast meiner Meinung nach 2 Optionen: Entweder nimmst Du einen Unbekannten, den Du nie wiedersehen wirst. Oder Du nimmst Dir einen besonderen Mann, dem Du vertraust", beriet ich sie. „Ein Fremder wäre Praktischer, aber will ich nicht. Kann auch in die Hose gehen. Lieber einen Bekannten, dem ich vertraue."

46

Als sie mir tief in die Augen blickte, wusste ich, was der Zeiger geschlagen hatte. „Wieso siehst Du mich so an?", fragte ich nervös. „Kannst Du nicht der Mann sein? Wenn, dann nur mit Dir", antwortete mir Alice und drückte mich. „Grundsätzlich gerne", gab ich zurück, „Du weißt aber, ich habe Frau und Kinder. Aber Du weißt ja auch, dass ich nicht ganz treu bin." Ich hatte ihr hin und wieder von dem einen oder anderen Abenteuer erzählt.

„Normal habe ich Sex mit Frauen, die mich wollen, die geil auf mich sind. Ich hatte noch nie mit einer Frau Sex, die lesbisch ist und einfach mal so einen Mann ausprobieren möchte. Ich weiß nicht, ob ich das kann." „Hey, ganz so ist es auch nicht", beruhigte mich Alice. „Wenn ich nicht lesbisch wäre, dann wärst Du der erste Mann, den ich anbaggern würde. Es würde mir viel bedeuten, wenn Du Ja sagst. Ich wüsste sonst keinen, mit dem ich das ausprobieren wollen würde."

„Na gut, überredet", schlug ich ein, „aber: Keiner darf das erfahren von meinem Umfeld, und es darf unsere Freundschaft nicht gefährden." „Einverstanden", nickte sie, „das bleibt unser Geheimnis. Und zwischen uns wird sich nichts ändern." Das beste Zeitfenster für mich war ein Bowling-Abend. Da war ich von 19-23 Uhr geblockt. Genauer gesagt von 18:30-23:30 Uhr inklusive Anfahrt, Aufwärmen, Siegerehrung und Rückfahrt. 5 Stunden, die ich Andrea gegenüber nicht rechtfertigen muss.

Ich schlug Alice vor, das Turnier auszusetzen und stattdessen unseren Sex-Abend bei ihr zu gestalten. Sie war einverstanden. Unserer Truppe teilten wir unser einmaliges Aussetzen mit, alles gut. 1 Woche später packte ich meine Bowling-Tasche ins Auto und küsste Andrea Bye. Statt ins Bowling Castle fuhr ich nach Markt Schwaben, wo mich Alice in ihrer Wohnung erwartete. Judith war außer Haus, sie blieb die Nacht bei Lover Georg, dafür hatte Alice gesorgt.

„Judith weiß, dass ich heute männlichen Besuch habe und dass etwas passieren wird, aber Du bist anonym", grinste sie. Nervös war sie, ich auch. Nach etwas Alkohol, um locker zu werden, fragte sie: „Wie sollen wir anfangen?" „Deine Entscheidung, Alice. Du entscheidest, was Du ausprobieren möchtest. Ich mache alles mit." „Ich will alles ausprobieren."

„Magst Du mit Küssen anfangen?", schlug ich vor. „Ja", lächelte Alice. Wir standen voreinander und sie küsste mich. Sehr mechanisch erstmal. Sehr vorsichtig. Ich hielt mein Temperament zurück und küsste vorsichtig mit. Nach 1 Minute wurde Alice sicherer, nach 4 Minuten war es richtiges Küssen. Alice hatte mich längst umarmt und genoss mit geschlossenen Augen zum allerersten Mal eine männliche Zunge in ihrem Mund.

Ich muss zugeben: Alice konnte verdammt gut küssen! In ihrem Lesben-Leben spielte das Küssen eine wichtige Rolle. Sinnlich und zärtlich spielte sie mit ihren roten Lippen an meinen, erotisch lernte sie mit ihrer Zunge meine kennen. Nach 10 Minuten setzte Alice ab und öffnete ihre Augen. „Oh, war das schön!", strahlte sie. „Und wie war es für Dich?" „Auch sehr schön", grinste ich.

„Sollen wir einen Schritt weiter gehen?" „Ja." „Dann ziehen wir uns aus?" „Okay", sagte ich. Alice war schneller. Rasch hatte sie sich ihr T-Shirt abgestreift und ihren BH auf den Boden fallen gelassen. Schöne, jugendliche Brüste sah ich. Mittelgroß, formschön, mit großen Brustwarzen. Ein kleines Nabel-Piercing glitzerte. Ihre Jeans war auch schon weg, dann fiel ihr Höschen. Unschuldig stand Alice nackt vor mir.

Ich stand da, oben ohne, Hose an den Knöcheln, Unterhose an, und starrte sie an: Bildschön ihr Körper! Wohlgeformte Oberschenkel, ein Venushügel vom Allerfeinsten. Blanke Muschi! 15 Sekunden später stand auch ich splitterfasernackt vor ihr. Sie betrachtete meinen Körper genauso wie ich ihren und blieb an meinem Ständer hängen. „Magst Du mich zuerst anfassen?", startete ich die nächste Konversation. „Ich traue mich noch nicht. Starte Du bitte zuerst, das nimmt mir die Angst."

Alice legte sich auf das Bett und schloss ihre Augen. Ich gesellte mich zu ihr und startete mit zärtlichen Berührungen an ihrem Hals. Das gefiel ihr. Nun küsste ich ihren Hals und wanderte tiefer zu ihren Brüsten. Diese liebkoste ich prickelnd. Alice stöhnte, genoss und vertraute mir. Es war spannend, eine hübsche Lesbe, die nichts von Männern will, zu befriedigen. Ihre harten Brustwarzen in meinem Mund fühlten sich so sexy an. Ich streichelte und küsste weiter, ihren Bauch entlang, bis zu ihrem gepiercten Nabel.

48

Je tiefer ich kam, desto erregter wurde Alice. Bewusst umfuhr ich ihren Venushügel und küsste und streichelte an den Oberschenkeln weiter. Ich roch bereits ihren Pussy-Saft und setzte kurz ab: „Wenn Du magst, mache ich weiter, Du weißt schon. Soll ich?" „Ja", stöhnte sie und spürte wenige Sekunden später zum ersten Mal eine Männerzunge an ihre Pussy. Dann zum ersten Mal eine Männerzunge in ihrer Pussy.

Die Alice war zwar Voll-Lesbe, aber gefühlskalt war sie nicht, denn meine Zungenspiele zeigten schnell Wirkung. Noch bevor ich richtig loslegte, kam sie zum Orgasmus. Alice zuckte und kreischte hoch, eine Stimmlage, die ich so von ihr so nicht kannte. Ich streichelte und küsste ihren Intimbereich weiter, bis sie sich erholt hatte und mich anblickte: „Das war viel schöner als erwartet." Kurze Pause. „Kannst Du es nochmal machen?"

Natürlich konnte und wollte ich. Muff-Diving Teil 2. Ich küsste ihre Schamlippen rauf und runter, bis ich wieder ihre Klitoris im Mund hatte. Diesmal saugte ich stärker an ihr und fingerte am Eingang ihrer Scheide herum. Alice schmeckte gut! Alice kam auch gut. 3 Minuten später erlebte sie ihr zweites Highlight. Ich streichelte aus und legte mich neben sie. „Und, wie war es für Dich?", fragte ich sie mit hochgezogener Augenbraue. „Wunderschön. Tausend Dank dafür, mein Freund. Es war die absolut richtige Entscheidung, Dich dafür auszuwählen." Dafür küsste sie mich. Nicht kurz, sondern lang.

4 Minuten Knutsch-Kuss. Dann schaute sie mich an: „Darf ich jetzt Dich berühren?" „Na klar", zwinkerte ich und wartete auf ihr erstes Mal. Sie tat es genauso wie ich bei ihr: Sie startete mit zärtlichen Berührungen an meinem Hals. Das gefiel mir. Nun küsste Alice meinen Hals und wanderte zu meinem wohlgeformten Brustbereich. Diesen liebkoste sie prickelnd. Sie streichelte und küsste meinen trainierten Bauch. Je tiefer Alice kam, desto erregter wurde ich.

Bewusst umfuhr sie meinen Penis und küsste und streichelte an meinen Oberschenkeln weiter. Mein Penis stand wie eine Eins mit Stern und wollte endlich Alices volle Aufmerksamkeit. Da, endlich der erste Handkontakt. Alice streichelte an ihm vorbei und berührte dabei spielerisch elegant den Schaft. Zum ersten Mal in ihrem Leben spürte Alice einen Penis.

Kurz darauf Hoden. Mutiger wurde sie und streichelte meinen Penis nun auf und ab. Ganz zart, ganz vorsichtig. Es fühlte sich mega an für mich. „Mache ich das auch richtig? Ich bin nämlich total unsicher", fragte sie mich. „Es ist genau richtig, so wie Du es tust. Jetzt darfst Du ihn auch in die Hand nehmen. Einfach zugreifen, so wie einen Hammer umfassen." Alice versuchte es mit ihrer linken Hand und griff fest zu.

„Nicht ganz so fest", ermahnte ich sie. Schnell hatte sie die richtige Stärke gefunden. „Ja, prima. Und jetzt die Vorhaut langsam rauf und runter bewegen." Alice folgte und schob ihre linke Hand hoch und runter. Meine Vorhaut musste mit. Tat das gut! „Gut so?" „Ja, perfekt, Alice!" Instinktiv wurde sie schneller. Zwischendurch wechselte sie die Hand. Rechts war auch schön, aber mit Links konnte sie es deutlich besser.

Als Linkshänderin kein Wunder. „Mach mit Links", bat ich sie und genoss weiter. Alice hatte nun Sicherheit und genau das richtige Tempo gefunden, wie sie mir Spaß bereiten konnte. Auch sie hatte Spaß, sie lächelte zufrieden und gab sich gleichzeitig hochkonzentriert Mühe. Alice wichste so gut. Ich merkte, dass bald der Moment anstand. Ihre erste produzierte Samenausschüttung nahte. „Alice, gleich komme ich. Mach genauso weiter, nicht aufhören beim ersten Ausschuss. Einfach weitermachen. Und wenn alles raus ist, dann erst langsamer werden und schön ausstreicheln."

„Okay", summte sie mir gespannt zu. Noch 10 Sekunden. 9. 8. 7. 6. Noch 5. 4. 3. Noch 2. Noch 1 Sekunde. JETZT! Ich kam. Meine erste Spermaladung spritzte hoch. Alice rief „Hui" und grinste. Weiter ging's: Ich kam brutal und Alice erledigte ihren Handjob sensationell gut.

Sie wichste so lange, bis ich ihr das vereinbarte Zeichen gab, aufzuhören. „Habe ich das gut gemacht?" „Und wie", lobte ich Alice, „das war ein fantastischer Handjob. Danke." Alice war genauso glücklich wie ich. „Kannst Du nochmal kommen später? Ich möchte gerne alles ausprobieren mit Dir, auch Blasen und mit Dir schlafen." „Keine Sorge", berichtigte ich sie, „in den 5 Stunden, die wir Zeit haben, kann ich locker dreimal kommen. Wir schaffen alle Varianten und auch mit Abschluss." Alice freute sich.

Die Pause kuschelten wir. Alice war eine Kuschelmaus und fühlte sich wohl auf meiner Brust. „Wenn Du magst, lecke ich Dich nochmal da unten", bot ich ihr nach einer halben Stunde an. „Ja, gerne", strahlte sie. „Wenn Du magst, können wir auch 69 machen und uns gegenseitig gleichzeitig mit dem Mund verwöhnen." „Nein, lieber nacheinander", korrigierte Alice, „ich bin unsicher, wie das mit dem Blasen richtig geht, da brauche ich Konzentration und Tipps, daher lieber zuerst Du mich und dann ich Dich."

So sollte es sein. Alice spreizte ihre Beine und gewährte mir Zugang zu ihrer süßen Lesben-Pussy. Ich entschied mich für meine Twister-Technik à la Katja. Diese Methode ist die erfolgreichste von allen: Sie beschert jeder Frau einen Hammer-Orgasmus! So auch Alice. Ehe sie begriff, was mit ihr geschah, explodierte sie und drückte ihr Becken weit nach oben. Doch entkommen konnte sie mir nicht. Ich leckte tief weiter, unter Einbezug meiner spielerischen Finger, sodass sie noch ein zweites Mal kam.

Schweißgebadet, aber sehr glücklich schaute Alice mich an: „Verdammt, ich wünschte, Judith könnte so gut lecken wir Du! Das war außergewöhnlich gut. Alle Frauen, die ich hatte, fast alle könnten von Dir noch einiges lernen." Ich nahm ihr Lob grinsend an und fühlte mich wieder einmal bestätigt.

„Deine Ehefrau muss sehr glücklich und dankbar sein, Dich als Mann und Liebhaber zu haben." „Das ist sie auch", protzte ich. Nun war es Zeit für Schritt 2: den Blowjob. „Magst Du es jetzt mit dem Mund machen?", fragte ich Alice. „Ja, aber Du musst mir helfen. Ist schließlich mein erstes Mal. Und bitte nicht böse sein, wenn ich mich ungeschickt anstelle oder es nicht so gut kann."

„Also, ein Blowjob ist für den Mann etwas Besonderes. Wichtig ist, ihn nicht zu verletzen. Also nicht beißen oder so. Manche Frauen nehmen nur die Penisspitze in den Mund. Das reicht nicht. Ein guter Blowjob sieht so aus: Nimm den Penis in eine Hand, mit der anderen kraulst Du die Hoden, streichelst Oberschenkel oder Brust. Dann nimmst Du den Schwanz in den Mund, erstmal ganz vorsichtig. Dadurch wird er feucht. Nun lutschst Du an ihm wie an einem Eis. Kennst Du ja, Stiel-Eis.

Du fährst mit Deinen Lippen hoch und runter und wieder hoch und runter. Dabei kannst Du mit Deiner Zunge den Penis geil umkreisen. Zwischendurch darfst Du wichsen, dann wieder mit dem Mund. Auch beides gleichzeitig. Wenn der Mann kommt, hast Du 2 Möglichkeiten: Entweder Du machst es ihm mit der Hand zu Ende, wenn Du kein Sperma im Mund haben möchtest, oder Du bläst weiter, bis er in Deinen Mund kommt.

Hier hast Du weitere 3 Optionen: Erstens: Du schluckst. Ist gesund. Zweitens: Du sammelst das Sperma im Mund und spuckst es danach aus. Drittens: Du lässt das Sperma währenddessen aus Deinem Mund herauslaufen. Für welche Variante entscheidest Du Dich?" „Das entscheide ich, wenn es dann soweit ist", lächelte Alice und sortierte sich. Ich sah zu, wie sie meinen Anweisungen folgte: Sie nahm meinen Penis in ihre linke Hand und kraulte mit der rechten Hand meine Hoden.

Nach ein wenig Streicheln nahm sie ihn in den Mund, ganz vorsichtig. Dann lutschte sie ihr Eis: Hoch und runter und wieder hoch und runter fuhren ihre lesbischen Lippen auf und ab, zuerst langsam, dann schneller. Dabei setzte sie ihre Zunge ein und umkreiste meinen harten Penis göttlich. Zwischendurch wichste sie ein bisschen, dann machte sie weiter mit dem Mund. Ein Naturtalent!

Alice war eine gute Bläserin, und das bei ihrem ersten Versuch und als Lesbe, die zu so etwas keinen genetischen Zugang hat. Ich unterstützte sie mit kleinen Korrekturen und Impulsen, die sie zu meiner vollsten Zufriedenheit umsetzte. Ich spürte, dass Alice auf dem besten Weg war, mir einen unvergesslichen Orgasmus zu bescheren. Sie hatte 2 Möglichkeiten: Entweder sie macht es mit der Hand zu Ende oder sie bläst weiter, sodass ich in ihren Mund komme.

Fairerweise kündigte ich ihr meinen Orgasmus an: „Du, ich komme in etwa einer halben Minute." Alice setzte kurz ab, schaute mir dann entschlossen in die Augen und meinte: „Ich schlucke." Braves Ding! Schon lutschte sie weiter, und schon kam ich. Es war ein Hammer-Orgasmus! Ich schoss meine Ladungen in ihr blasendes Mündchen hinein und Alice schluckte Stück für Stück weg. Wie tough ist das denn, bitte! Sie lutschte so lange meine Banane sauber, bis ich sie in meinen Arm zog.

„Das war ein Weltklasse-Blowjob, liebe Alice! Davon können sich viele heterosexuelle Frauen eine Scheibe abschneiden. Und das beim ersten Mal. Toll!" „Danke", freute sich die Kurzhaarige: „Muss zugeben, hat echt Spaß gemacht. Schlucken war kein Problem. Aber ehrlich: Es hat sich schon neu und fremd angefühlt, einen Penis in der Hand zu halten und im Mund zu haben. Aber ich fand's gut."

Wir lagen da, nackt, und plauderten über unsere Leben. Alice hatte schon viel Mist ertragen und war trotzdem eine tolle Persönlichkeit geworden. Ich schaute auf die Uhr: Punkt 22 zeigten beide Zeiger. Wir hatten noch 1 Stunde Zeit, dann musste ich mich auf den Nachhauseweg machen. „Wenn Du magst, schlafe ich jetzt mit Dir. Ich bin wieder fit." „Gerne", nickte sie und fragte: „In welcher Position magst Du denn?"

„Ich schlage vor, wir probieren die wichtigsten aus, damit Du spürst, wie sich das alles anfühlt", war meine Idee. Diese Idee empfand Alice als sehr gut. Ich kommandierte sie nach unten und startete in der Missionarsstellung. Vorsichtig drang ich mit Gummi in ihre Pussy ein. Bisher waren da nur Dildos oder Vibratoren drin gewesen, jetzt mal ein echter deutscher Schwanz. Dieser meine Schwanz fickte Alice.

Langsam stieß ich zu. Alice lag da, mit weit aufgerissenen Augen, und schaute zu, was ich mit ihr veranstaltete. „Und, wie fühlt es sich an?", hechelte ich. „Irgendwie geil", hechelte sie zurück, „ungewohnt, aber gut." Ich schlug einen Stellungswechsel vor, Löffelchen. Ich drang seitlich liegend in sie ein und fickte nun schneller. Auch das gefiel ihr. Weiter ging es mit Doggy. Diese Position gefiel ihr nicht so. Vielleicht schämte sie sich, mir ihren Po so hinzuhalten. „Magst Du Reiten ausprobieren?"

„Ja", stieg sie auf mich und schob sich meinen Schwanz rein. Reiten war ihr Ding. Alice hatte richtig Spaß dabei. Je länger sie ritt, desto geiler wurde sie und erlebte kurz darauf einen Orgasmus auf mir. Als sie aufhören wollte, flehte ich sie an: „Bitte reite weiter, Alice, ich will auch kommen!" „Sorry, ich war gerade voll bei mir", entschuldigte sie sich für ihren Fauxpas und kam wieder in Ritt und Tritt. Ihre blanke Muschi verwöhnte meinen Dong gut.

Zu gut, denn einen anderen Ausweg als den Orgasmus gab es tatsächlich nicht mehr für mich. Ich kam mächtig. Alice strahlte und ritt weiter, bis ich sie zu mir zog und küsste. „Das hast Du toll gemacht, Alice, wirklich. Das war sehr schöner Sex für mich. Ich hoffe, für Dich auch." „Ja, hundertmal besser, als ich es mir vorgestellt hatte.

Fakt ist zwar, ich werde mich nie in einen Mann verlieben, weil ich nur auf Frauen stehe. Das mit Dir war der erste und wird der einzige Sex mit einem Mann in meinem Leben bleiben. Ich bin aber sehr dankbar, diese tolle Erfahrung mit Dir gemacht zu haben." „Konnte ich Dich also nicht von Männern überzeugen? Nicht mal ich?" „Nicht mal Du", lachte Alice und küsste mich. 20 Minuten später saß ich auf dem Weg im Auto nach Hause. Ich sinnierte vor mich hin, wie geil das gerade war, mit einer Lesbe Sex zu haben, die zum allerersten und einzigen Mal in ihrem Leben einen Dong spürte und befriedigte.

Bis heute pflegen Alice und ich ein sehr enges Verhältnis. Wir sehen uns wöchentlich beim Bowlen und bleiben durch unser Geheimnis für immer miteinander verbunden. Eines Bowling-Abends stellte uns der Castle-Besitzer Rudi eine neue Servicekraft vor: Nele. Wow, dachte ich, was für ein bezauberndes Mädel! Sie hatte den schönsten Po der Welt. Knackige 21 Jahre jung, studierte sie in München und bereitete sich auf ihre nächsten Prüfungen vor.

Nebenher wollte sie durch den Job im Bowling-Center Kohle anschaffen und erste Berufserfahrung sammeln. Außerdem war der gutaussehende, 23-jährige Sohn des Castle-Inhabers ihr Ex. Die Corona-Pandemie hatte uns bereits im Griff, es herrschte Maskenpflicht im Center. So konnte ich ihr Wahnsinnslächeln noch nicht sehen, dafür alles andere.

Nele war etwa 1,70 m groß und sexy schlank, knappe 50 kg. Ihr Top präsentierte ihre stehenden Brüste. Sie hatte lange, blonde Haare und wundervolle Augen, die wie Sterne funkelten. Ich hatte mich sofort in sie verliebt. Als 43-Jähriger war mir klar, dass ich für sie nicht meine Ehefrau Andrea und meine Kinder verlassen würde, aber ich wollte sie unbedingt meiner Kollektion hinzufügen. Leider war das schwerer als erwartet. Meine ersten Flirtversuche blockte sie spielerisch ab.

Weitere Chancen ergaben sich am Abend nicht, weil immer etwas los war. Als ich Nele hinter der Theke ohne ihre Maske sah, wollte ich das Playboy-Magazin anrufen und sie als „Miss Juni" ins Gespräch bringen. Wer auch immer diese Schönheit besitzen oder im Bett erleben durfte, der konnte sich wahrhaftig glücklich schätzen. Ich musste sie haben!

3 Wochen später bediente Nele uns wieder. Als das Turnier beendet und schon fast alle Menschen gegangen waren, suchte ich das Gespräch mit ihr. Ich bestellte noch eine Cola und setzte mich an die Bar zu ihr, während nur noch 2 Bahnen in Betrieb waren. Ich startete die Konversation und erfuhr mehr über sie: Nele kam aus bäuerlichem Elternhaus – Vater Bauer, Mutter Bäuerin. Sie hatte 2 ältere Geschwister, die sich mit um den Betrieb kümmerten. Das laufende Medizinstudium bereitete ihr Sorgen, da die Noten nicht gut genug waren.

Einen festen Freund habe sie nicht, berichtete Nele. Das gab mir große Hoffnung. Wir plauderten nett weiter, ich intensivierte meine Flirtversuche, doch Nele ging einfach nicht darauf ein. Dieser Abend verlief ins Nichts, ich zog enttäuscht und hosensteif von Dannen. Beim nächsten Mal dasselbe Spiel: Ich talkte nach dem Turnier mit Nele und versuchte sie zu knacken. Doch sie blieb standhaft. Keine Reaktion auf meine Annäherungsversuche.

Also so etwas war mir noch nie passiert! Werde ich alt? Hat der Womanizer seine magische Kraft verloren? Ich fing an, an mir selbst und an der Welt zu zweifeln. Doch ich gab nicht auf. Niemals! Als diesmal alle raus waren und nur noch wir beide kurz vor Mitternacht im Center waren, ging ich in die entscheidende Offensive. „Nele, Du bist eine außergewöhnliche hübsche junge Frau", strahlte ich sie verführerisch an. „Danke", freute sie sich, doch dann:

„Mal ganz ehrlich: Ich habe längst bemerkt, dass Du irgendwelche Hintergedanken hast. Also, leg mal Deine Karten auf den Tisch." Na gut, wenn sie es so will: „Wie gesagt, ich finde Dich äußerst sexy, daher wollte ich Dich fragen…" „So einer bist Du also", brach sie mir ins Wort. „So einer? Wie meinst Du das?" „Du willst mich doch nur ficken", traf sie den Nagel auf den Kopf. Ich musste schnell reagieren:

„Ich wollte eigentlich sagen: Ich finde Dich äußerst sexy, daher möchte ich Dich fragen, ob Du nicht Lust hättest, mal für mich zu arbeiten. Als Model!" „Echt?", schaute mich Nele ungläubig an. „Ja, ich bin Fernsehproduzent und habe eine große Firma. Ich brauche immer gutaussehende junge Menschen für Shows oder Shootings. Du würdest da prima reinpassen."

Nele überlegte kurz. „Hm, klingt spannend, aber ich sehe mich nicht als Model, daher Nein danke." Ich versuchte sie zu überzeugen und überschüttete sie weiter mit Lob für ihr zauberhaftes Aussehen, da wurde es ihr zu viel: „Hör mal, ich bin nicht doof. Typen, die mich volllabern, wie hübsch ich sei, wollen immer nur das Eine. Gib´s doch wenigstens zu. Dass ihr Kerle Euch einfach nicht traut, das einem Mädel direkt zu sagen, das ist schon traurig."

„Ich traue mich immer, einer Frau zu sagen, was ich von ihr möchte", wehrte ich mich, „aber ich kann doch nicht jeder gleich ins Gesicht sagen, dass ich mit ihr schlafen will. Das wäre doch äußerst primitiv." „Tja, so seid Ihr Männer halt", schüttelte Nele den Kopf und verschwand in der Küche. Als sie wiederkam, wollte ich zahlen. „Für die Getränke sind es heute 18,80 Euro." Ich legte ihr 2 verführerische 100-Euro-Scheine hin. „Was soll das jetzt?", staunte sie mich an.

„Die sind für Dich, wenn Du einmal mit mir schläfst. 100 Euro dafür und 100 Euro Schweigegeld." Nele lachte laut auf. „Du denkst echt, ich würde mich auf so etwas Krasses einlassen!" „Du sagtest doch gerade selbst, Du willst, dass Klartext gesprochen wird. Normalerweise bekomme ich alle Frauen, die ich möchte, nur Du scheinst eine gewisse Abneigung zu haben. Bin ich wirklich so schrecklich?" „Nein, aber Du bist mir einfach zu alt." Nun ja, dass ich 43 war, das konnte ich nicht bestreiten.

Ebenso wenig, dass Nele erst 21 war. Viele 21-jährige Mädels stehen aber auf 43-jährige Kerle wie mich. Nur Nele scheinbar nicht. „Ich bin weder käuflich noch interessiert an Dir", schob sie mir meine Geldscheine zurück. Das verletzte mich. Ich zahlte auf den Cent genau 18,80 Euro und verzichtete auf Trinkgeld und eine Verabschiedung. Blöde Schnepfe, wirklich!

Normalerweise bin ich großzügig und gebe 5 Euro oder so, aber diese Nele hatte nicht mal 5 Cent verdient für ihr schäbiges und hochnäsiges Verhalten. Das nächste Mal, als Nele uns bediente, ignorierte ich sie. Leider war mein Spiel entsprechend katastrophal. Der Schnitt von 180 auf 10 Runden war deutlich unter meinem Niveau. Wortlos zahlte ich und verließ den Drecksschuppen. So eine Abfuhr hatte ich lange nicht mehr kassiert. In der Zwischenzeit gaben mir ein One Night Stand mit der 22-jährigen Michelle sowie eine 2-wöchige Affäre mit Werksstudentin Inga frische Kraft und neues Selbstbewusstsein.

Bowling stand wieder an. Nele passte mich sofort am Eingang ab und meinte, wir müssen reden. Ich meinte, später. Jetzt sei erst einmal das Turnier dran. Diesmal präsentierte ich mich wieder in Topform und zerstörte alle Gegner mit einem sagenhaften 222er-Schnitt auf 10 Runden. Abartig gut! Bewusst wartete ich, bis es kurz vor Mitternacht war und alle weg waren, dann setzte ich mich zu Nele an die Bar und bestellte noch eine dunkle Cola.

„Hey, ich finde Dein Verhalten die letzten Wochen echt nervig", ging sie mich an. „Und ich fand Deine Aussagen mir gegenüber beleidigend und Deine arrogante Art sehr demütigend, Nele." „Wie kannst Du nur Geld auf den Tisch legen, damit ich mit Dir schlafe? Ich bin doch keine Hure!" So entwickelte sich eine heiße Diskussion. Nele brachte ihre Argumente vor, ich meine. Irgendwann ging uns beiden die Power aus.

„Tut mir leid", entschuldigte ich mich, „war überhaupt nicht böse gemeint. Weißt Du, ich bin halt ein Womanizer, erfolgsverwöhnt. Ich bekomme in der Regel alle Frauen, die ich will. Vielleicht hat mich Deine Abfuhr überreagieren lassen. Du bist eine wunderschöne junge Frau und ich würde alles dafür geben, eine Nacht mit Dir zu verbringen. Ich habe es wirklich nicht böse gemeint."

Nele: „Okay. Auch ich möchte mich bei Dir entschuldigen, wenn ich Dich beleidigt habe. Du bist gutaussehend, aber mir einfach zu alt. Das bringt mir nichts, mit einem Kerl Anfang 40 ins Bett zu hüpfen. Und mir Geld hinzulegen, das war echt nicht in Ordnung. Vor allem, nur 200?" „Was heißt hier nur 200? Das ist eine Menge Asche!"

„Ja, aber ich bin viel mehr wert." „Wieviel bist Du denn wert?", fragte ich neugierig. „Naja, da müsste es schon vierstellig sein", lächelte Nele arrogant. „Ein Tausender Minimum. Aber ich nehme kein Geld für Sex, das ist nun mal so." Ich rechnete für mich kurz hoch: 1.000 Euro. Dafür bekommt man in München 20 15-minütige Erotikmassagen mit 20 Happy Endings. Luder!

„Also werde ich meine Fantasie, eine Nacht mit Dir zu verbringen, wohl begraben müssen", nuckelte ich am Glas. „Ja, tut mir leid", nickte sie. „Ich lasse mich halt nicht kaufen. Da müssten schon größere Beträge im Spiel sein als 1.000 Euro, dass ich vielleicht Ja sage." Moment mal, Kehrtwende! Nele hatte sich soeben selbst widersprochen. „1.300 Euro", rief ich rein. Nele glotzte mich an:

„Nein." „Okay, Nele, dann mal Butter bei die Fische. Lass uns das ein final klären. Wieviel müsste ich Dir zahlen für eine Nacht?" Nele kam ins Nachdenken: „2.000 Euro müssten es schon sein. Mit 2.000 Euro hättest Du vielleicht eine Chance." „Ernsthaft?" „Nein, wohl eher 2.500 Euro." So eine fiese Betrügerin! Es wurde immer teurer. Dabei hatte ich noch gar nichts bekommen. „Letztes Wort", forderte ich sie auf. „Für 2.500 Euro kannst Du mich eine Nacht haben."

Das ist mehr Geld, als die beste Nutte der Welt in einer Nacht verdient! Mit diesem Tagessatz könnte die Nele zu einer Multimillionärin aufsteigen und müsste dafür nicht einmal arbeiten, nur ihre reizvollen Beine spreizen. „Pass auf, Nele", antwortete ich ruhig und besonnen, „ich gebe Dir 3.000 Euro für eine Nacht mit Dir. Cash. Das ist ein Arschvoll Geld, aber das wäre es mir wert. Aber keinen Cent mehr. Du hast mich schon genug hochgedrückt."

„Und wie soll das Ganze ablaufen?" „In einem schönen Hotel. Ich buche es und wir verbringen dort einen gemeinsamen Abend, die Nacht und den Morgen bis 12 Uhr bis zur Abreise. In dieser Zeit möchte ich auf meine Kosten kommen. Dafür erhältst Du 3.000 Euro cash. Und dazu Residenz plus Essen in einem edlen 5-Sterne-Hotel. Deal or No Deal?" Nele ließ mich zappeln. Ganz bewusst. Sie spielte mit mir. „Deal, aber nur, wenn ich eine Anzahlung von 1.500 Euro bekomme." „Du bekommst 500 Euro jetzt und die restlichen 2.500 Euro danach."

Damit war sie einverstanden. Ich blechte cash und es tat mir ein bisschen weh. Da keiner vom Deal erfahren durfte, mussten wir uns gegenseitig vertrauen. Schriftlich wollten wir nichts festhalten, weder ich noch sie. Ich entschied mich für ein schickes Hotel in Salzburg und buchte es. Meiner Frau Andrea verkaufte ich einen Geschäftstrip, was es ja tatsächlich auch war, ein Geschäft, sie fragte nicht einmal nach. Braves Ding. War ja auch nur eine Nacht.

Ich teilte Nele den fixen Plan mit, Datum und Uhrzeit, wann ich sie wo abholen würde. Sie nickte und notierte sich alles. Ich zählte die Tage rückwärts. Endlich war es soweit und der Tag des 3.000-Euro-Ficks war da. Nach der Arbeit fuhr ich mit meinem luxuriösen BMW nach Taufkirchen und holte Nele auf einem Parkplatz ab. Sie sah so verdammt sexy aus in ihrem mini Minirock. Ich denke, sie hatte sich bewusst derart reizvoll angezogen, um mir weiter den Kopf zu verdrehen. Wenn schon 3.000 Euro verdienen, dann auch etwas Leistung dafür bringen.

Ist ja nicht zu viel verlangt. Wir checkten ein und bezogen unser Liebeszimmer. Schön und groß war es. Hunger hatten wir. Ich lud uns ein. Gut war es. Und teuer. Nun wurde es ernst: „Und wie stellst Du Dir das jetzt vor?", fragte Nele mich. „Ich mache nichts, womit ich nicht einverstanden bin." „Naja, ich möchte Sex mit Dir, Nele, mit Dir schlafen, von Dir verwöhnt werden. Möchte Dich verwöhnen. Das ganze Programm halt.

Mach ja keine Szene und gib Dir auch Mühe, für 3.000 Unzen kann ich das verlangen. Ich werde lieb sein und Dich gut behandeln, keine Sorge, ich werde Dich auf Händen tragen." Nele wollte duschen. Okay, dann komme ich mit. Als Nele sich auszog, flatterten mir die Augen. Der schönste Frauenkörper, den ich je gesehen hatte, kam zum Vorschein.

Nele hatte wunderschöne Beine, stehende Titties, den geilsten Po der Welt und eine kahl rasierte Muschi. Ein Körper astrein und neu, ohne Falten und Mäkel. Unfassbar schön. Ich betrachtete sie von oben bis unten und nickte nur. Schon war sie unter der Dusche und duschte. Ich folgte. Als sie mich nackt sah, nickte sie anerkennungsvoll: „Für Deine 43 hast Du einen sehr schönen Körper." Danke. Mein Penis wurde steif, ich drückte ihn ihr von hinten an ihren Hintern.

Sie ließ es geschehen und seifte sich weiter ein. Ich hielt ihr die Brause. Als Nele frisch war, fragte ich frech: „Kannst Du mich einseifen bitte?" Tatsächlich tat sie es. Zuerst meine Rückseite. Ihre Hände berührten mich sinnlich und erotisch, gleichzeitig dem Zweck der Säuberung dienend. Sie seifte meinen Rücken ein, knetete kurz meinen Po und fuhr dann meine Beine herunter. Dann drehte ich mich um. Nele seifte meine Brust ein, dann meinen Bauch. Nun meine Beine.

Dabei streifte sie mit ihrem Kopf mehrfach meinen harten Schwanz. Als sie wieder vor mir stand, schaute sie mir in die Augen. Ich schaute in ihre Augen. Dann blickte ich an mir hinunter. Sie blickte mit. „Und ihn?", fragte ich. „Upps, den hab ich wohl vergessen. Kann ich aber nachholen", grinste sie. Den Moment, als sie mit ihren Händen mein Schwert berührte und einseifte, werde ich nie vergessen. Auch deshalb nicht, weil ich frühzeitig ejakulierte. Wie ein Bub, dem das erste Mal ein Mädel seinen Dödel berührt, kam ich.

So etwas war mir Jahrzehnte nicht mehr passiert. Aber Neles einzigartige Schönheit machte dies möglich. Sie hatte ihn gerade erst in die Hände genommen und seifte ihn seit 20 Sekunden ein, schon erlebte sie meinen Samenerguss. Dieser überraschte nicht nur mich, sondern auch Nele. „Hey, hey!", kreischte sie und zog ihre Hände erschrocken zurück. Dann begriff sie ihr Fehlverhalten und griff sofort wieder zu, um meinen Orgasmus auszustreichen.

Nele wichste nicht schnell, sondern schob ganz langsam meine Vorhaut vor und zurück. Meinen Penis hielt sie dabei wie eine Gurke in der Hand. Als ich fertig war, duschte sie das ganze Sperma weg und lächelte: „Ehrlich, Du hast´s aber nötig gehabt." „Tja, damit war nicht zu rechnen. Ist mir sogar peinlich, aber das lag an Dir. Du übst einfach eine derart starke sexuelle Ausstrahlung auf mich aus, da ist es einfach geschehen."

Nele lachte und verließ mich, um sich auf das Bett im Schlafappartement fallen zu lassen. „Was kostet dieser Luxusschuppen eigentlich?", wollte sie wissen. „300 Euro die Nacht." Dann bin ich Dir also 3.300 Euro wert", grinste sie. „Dafür will ich auch was bekommen", grinste ich und ließ mich neben sie plumpsen. Da lagen wir nun, keiner sagte etwas.

Dann ich: „Was hältst Du von einer Massage?" „Du willst mich massieren?", fragte sie erstaunt. „Ja, klar, wenn Du magst. Ich kann das ziemlich gut." „Beweise es", forderte Nele mich auf, meinen Worten Taten folgen zu lassen. „Leg Dich auf Deinen Bauch und entspanne Dich." Tat sie. Per Bluetooth ließ ich sanfte Musik erklingen und dimmte das Licht ab. Romantik pur. Die 21-Jährige sollte nun die Künste des Womanizers kennenlernen. Ich streichelte ihre zarte, junge Haut von oben bis unten.

Sie fühlte sich so gut an. Als ich ihren Po verwöhnte und von unten mit meinen Händen immer näher an ihre Fotze kam, drehte sie sich um: „Dort nicht." „Warum nicht?" „Weil ich das nicht möchte." „Ist das nicht in den 3.000 Euro mit drin? Willst Du dafür noch mal 300 extra, oder was?" Blickkontakt. Tiefer Blickkontakt. „Ich finde, dass das dazugehört", knurrte ich murrend. „Lass mich doch mal machen. Sollte es Dir nicht gefallen, kannst Du mir das immer noch sagen."

„Na gut", drehte sich Nele wieder um. Ich spielte von hinten zärtlich mit ihrem Schlitz und streichelte ihre Schamlippen. Neles Atemfrequenz nahm zu. Ihr schien es also zu gefallen. Gut. Langsam öffnete sie ihre Beine mehr, um mir einen besseren Zugriff zu ermöglichen. Ich hielt mich bravös zurück und bat sie nach einer Viertelstunde Vorspiel, sich umzudrehen. Sie drehte. Da lag sie nun, wie die Prinzessin auf der Erbse.

Nackt und unschuldig, sexy und jung. Und bereit, um vom Womanizer ins Land der perfiden Zärtlichkeiten entführt zu werden. Ich massierte Nele respektvoll und sinnlich, sie entspannte immer mehr und ließ sich fallen. Ihre Brüste waren wundervoll geformt, ihr Bauch so sexy.

Ihre Scham der schönste Landeplatz des Hotels. Langsam machte ich ernst, indem ich Neles Venushügel streichelte und ihre Klitoris neckisch herausforderte. Diese nahm meine Herausforderung an und schwoll an. Nun hatte ich die Nele geknackt. Sie hatte längst ihre Augen geschlossen und genoss. Ungefragt setzte ich meine Zunge ein und begann, diese 21-jährige Traumpussy zu lecken. Nele ließ es geschehen, sie wehrte sich nicht. Ein Traum ging in Erfüllung. Nach 5 Minuten Oralsex kam sie heftig und zuckte wie ein Affe unter Stromeinfluss. Ich leckte weiter und bescherte Nele weitere 3 Orgasmen.

Da staunte die Kleine: „Wow, unfassbar. Wie hast Du das gemacht?" „Erfahrung", grinste ich. Nele erzählte mir, dass noch kein Junge oder Mann zuvor ihr mehr als 1 Orgasmus in einer Session entlocken konnte. „Wenn Du magst, bekommst Du dasselbe gleich nochmal", lockte ich sie. „Was, noch mal 3? Das glaube ich nicht." „Wart´s ab", drückte ich Nele runter und tauchte wieder in ihren Venushügel ein.

Nele fieberte mit und schüttelte sich innerhalb der nächsten 15 Minuten – so wie von mir vorhergesagt – weitere 3 Mal zum Höhepunkt. Schweißgebadet wischte sie sich den Schweiß von der Stirn und lachte laut: „Einfach unglaublich, der Kerl!" Dankbar küsste sie mich auf den Mund. Das nutzte ich aus und knutschte sie. Nun wollte ich einen Blowjob haben, doch Nele bestand auf ein Kondom. „Quatsch ist das, mach es ohne Gummi", rülpste ich sie an.

„Das muss für satte 3.300 Euro wohl drin sein." Nele gab nach und nahm meinen Hero in ihren Mund. Doch noch bevor er steif werden konnte, kam ich. Dieses Luder machte mich fertig! In halbschlaffem und gleichzeitig halbsteifem Zustand ejakulierte ich darauf los. Nele erschrak und zog ihn aus ihrem Mündchen. Langsam streichelte sie ihn auf ihre Titties aus. Ich war fertig. Nervlich wie körperlich. Ich konnte diesem fantastischen Ding einfach nicht gerecht werden. Schon war ich mit meinen Gedanken beim Ficken, doch wenn ich bei ihr immer gleich nach 2 Minuten kommen musste, würde ich mich schier lächerlich machen.

Und schon stichelte Nele los: „Du bist schon wieder so schnell gekommen. Ist das bei Dir immer so?", wollte sie wissen. „Nein, normal kann ich es stundenlang aushalten, aber bei Dir ist das halt so." Nele nahm das als Kompliment auf. Zum Glück.

Wir lagen nackt da und ich schaltete TV ein. Da lief der große Bond. Sehenswert. Auch Nele mochte ihn. Den Craig. Als sie auf Toilette musste – darauf hatte ich gewartet – platzierte ich 2 unsichtbare Spy-Cams im Raum und erwartete Nele für den Höhepunkt der Nacht: den Fick. Als sie wiederkam, staunte sie, denn Bond war eliminiert. Stattdessen hielt ich ihr ein Kondom hin: „Jetzt mit Kondom", lächelte ich.

Nele wusste, was ich damit meinte. Sie streichelte kurz meinen Penis. Dann zog sie mir das Präservativ über und hockte sich auf mich drauf. Behände drückte sie aus ihrer Wadenmuskulatur heraus ihr Becken hoch und runter. Nele ritt auf mir, es war der helle Wahnsinn! Ich musste mich derartig beherrschen, nicht sofort zu kommen, und das trotz der 2 Samenergüsse zuvor. Sie war einfach so geil! Nele ritt langsam schneller, was mich in Bredouille brachte.

„Jetzt ich", stöhnte ich und warf sie zärtlich ab. Genau im richtigen Winkel – Penis zu Vagina sowie den Spy-Cams – steckte ich mich ein. Neles Pussy fühlte sich eng und warm an. Glitschig und jung. Noch nie zuvor hatte ich über 3.000 Euro für einen Fick gezahlt, aber irgendwann ist halt das erste Mal. Die 21-jährige Nele wurde vom 43-jährigen Womanizer gefickt. Ganz langsam und vorsichtig stieß ich zu, um nicht schon wieder viel zu schnell kommen zu müssen.

Doch ich hatte keine Chance: Ich musste kommen. Dieser göttliche Anblick von Nele sowie der geniale Grip ihrer Superpussy ließen mir keine Chance. Nach 3 Minuten langsamem Geschlechtsverkehr schwollen meine Adern final an und ich entleerte meinen Samen im Kondom. Als ich fertig war, schaute mich Nele fraglich an. „Jaja, ich weiß, was Du sagen willst", unterbrach ich sie. „Normalerweise kann ich deutlich länger und intensiver ficken, aber das liegt an Dir, dass ich so schnell komme. Sorry."

„Ist schon gut, Du kannst schnell oder langsam kommen, ganz wie Du magst, Du zahlst ja schließlich dafür." „Das hat nichts mit mögen zu tun, sondern mit können. Ich kann bei Dir einfach nicht länger durchhalten, Deine sexuelle Ausstrahlung ist einfach bombastisch."

Nele fühlte sich wie eine Königin, die sie ja auch war. Entspannt schliefen wir ein. Jeder auf seiner Seite. Arm in Arm wollte sie nicht. Schade. Ich wurde gegen 5:30 Uhr wach, und mir war klar: Ich werde Nele mit einem Orgasmus aus dem Schlaf wecken. Ich tauchte ab und fand ihre Muschi schnell. Als ich loslegte, trat sie los. Sie trat mir mit ihren Füßen mitten ins Gesicht und schrie dabei am Spieß. Auch ich schrie. Es tat weh. Hatte sie mir die Nase gebrochen? Ich spürte Blut. Scheiße.

Nele hatte längst das Licht angeknipst und entdeckte die Körperverletzung, die sie bei mir verursacht hatte. Anstatt sich zu entschuldigen, fuhr sie mich rabiat an: „Was soll der Scheiß?! Wollest Du mich vergewaltigen?" „Nein, Nele, ich wollte Dich mit einem schönen Guten-Morgen-Orgasmus aufwecken", gab ich geschlagen zurück. „Für mich ist das versuchte Vergewaltigung, das gehört nicht zu unserem Deal", tobte sie und zog sich das Laken über.

Ich entschuldigte mich und meinte, dass dies gerade ein großes Missverständnis sei. Doch leider hatte Nele die Schnauze voll und jegliches Vertrauen in mich verloren. „Schluss. Ich breche das ab!", kreischte sie und verschwand im Bad. Sämtliche Versuche von mir, Nele zu beruhigen, scheiterten. „Fahr mich jetzt nach Hause", raunte sie und packte ihre Mädels-Tasche. Ich konnte Nele zumindest überreden, noch gemeinsam etwas zu frühstücken, doch Sex mit mir wollte sie keinen mehr. Ich hätte ihr Vertrauen verspielt.

Am Frühstückstisch beruhigte sich die Lage Gott sei Dank etwas. Ich konnte wieder normal mit ihr reden, doch ihr Entschluss stand fest: Kein Sex mehr mit mir. Dafür musste ich ihr aber auch ihren Lohn kürzen: „Wenn Du Dich nicht an unseren Deal hältst, ausgemacht war auch der heutige Vormittag bis 12 Uhr, dann muss ich die Bezahlung entsprechend kürzen. Du bekommst noch 1.000 Euro von mir, das war´s dann."

„Ausgemacht waren aber 3.000", pöbelte sie. „Ausgemacht war auch bis heute um 12 Uhr", pöbelte ich zurück. Du hast mir gerade mal die Hälfte von der ausgemachten Zeit gegeben, gestern Abend. Die andere Hälfte, heute Morgen, willst Du nicht mehr. Also machen wir die Hälfte. 1.500 Euro. 500 Euro hast Du bereits erhalten, ich gebe Dir gleich die anderen 1.000 noch. Damit sind wir quitt."

Das verstand sie. Musste sie auch. „Du kannst gerne auf Deine 3.000 Eier kommen, aber dann sollten wir jetzt hochgehen und Du Dich wieder normal verhalten." „Nein, das Thema Sex ist erledigt." „Gut, dann ist das Thema Finanzen für mich erledigt." Ende. Nach dem Frühstück fuhr ich Nele nach Hause, damit war der Sex mit Nele traurige, wenn auch äußerst geile Vergangenheit.

Monate später: Mein Smartphone klingelte. Es war Nele. Nach kurzem Smalltalk unterbreitete sie mir ein spannendes Angebot: Sex mit ihrer Freundin Xandra. Diese Xandra würde für 2.000 Euro einen Abend inklusive Nacht mit mir verbringen, sollte ich Interesse habe. Ich fragte nach dem „Warum", darauf erklärte Nele: „Sie braucht das Geld für ihren Führerschein."

„Schick mal ein Foto von ihr", forderte ich. 10 Sekunden später stand fest: Ich würde 2.000 Euro ärmer sein, dafür eine geile Nacht reicher. Xandra war ebenso süße 21 Jahre jung und sah aus wie die junge Tennis-Göttin Anna Kurnikova. Die konnte sicher jeden habe. Doch scheinbar hatte sie eines nicht: Kohle, Kies, Schotter, Asche. All das habe ich zur Genüge. Ich bat um Diskretion und Vertraulichkeit, was mir Zuhälterin Nele zusicherte. Sie teilte mir die Mobilnummer von Xandra mit und wünschte mir viel Freude mit ihr.

Ich rief sofort Xandra an. Die meldete sich mit „Hallo?". Ich stellte mich vor und erklärte den Grund meines von ihr forcierten Anrufs. „Also, wir haben einen Deal für 2.000 Euro", betonte ich. „Okay, aber ich will, dass Du mir das Geld davor gibst." „Nein, wir machen 500 davor und 1.500 danach, sonst wird das nichts. Du sollst ja motiviert bleiben." „Na gut", schluckte sie, „aber ich kann mich darauf verlassen, dass Du wirklich zahlst." „Ja, wenn Du Dich an unsere Abmachung hältst und mir eine geile Zeit bereitest."

Schriftlich wollten wir nichts festhalten, weder ich noch sie. Ich entschied mich für dasselbe schicke Hotel in Salzburg wie bei Nele und buchte es. Meiner Andrea verkaufte ich einen Geschäftstrip, sie fragte nicht einmal nach. Braves Ding. War ja auch nur eine Nacht. Ich teile Xandra meinen Plan mit, Datum und Uhrzeit, wann ich sie wo abholen würde. Sie nickte am Hörer und notierte alles.

Ich zählte die Tage rückwärts. Endlich war es soweit und der Tag des 2.000-Euro-Ficks da. Nach der Arbeit fuhr ich mit meinem schicken BMW nach Dorfen und holte Xandra auf einem leerstehenden Parkplatz ab. Xandra sah verdammt sexy aus in ihrem Minirock. Ich denke, sie hatte sich bewusst reizvoll angezogen, um mir den Kopf zu verdrehen. Wenn schon 2.000 Euro verdienen, dann auch Leistung dafür bringen.

Ist ja nicht zu viel verlangt. Wir fuhren, checkten ein und bezogen unser Zimmer. Schön und groß war es. Hunger hatten wir. Ich lud ein. Gut war es. Aber teuer. Nun wurde es ernst: „Und wie stellst Du Dir das jetzt vor?", fragte sie mich. „Ich mache nichts, was mir nicht gefällt." „Naja, ich möchte Sex mit Dir. Ich möchte mit Dir schlafen. Ich möchte von Dir verwöhnt werden und Dich verwöhnen. Das ganze Programm halt.

Hey, mach ja keine Szene und gib Dir Mühe, für 2.000 Unzen kann ich das verlangen. Ich werde auch ganz lieb sein und Dich gut behandeln." Xandra wollte zuerst duschen, so wie Nele. Okay, dann komme ich mit. Als Xandra sich auszog, flatterten mir meine Augen. Ein wunderschöner Frauenkörper kam zum Vorschein. Sie hatte lange Beine, stehende Titties und so ein süßes Lächeln. Ihre Muschi trug Xandra mit Irokesenschnitt. Ich betrachtete sie von oben bis unten und nickte nur. Schon war sie unter der Dusche und duschte. Ich folgte.

Als sie mich nackt sah, nickte sie anerkennungsvoll: „Für Dein Alter hast Du einen sehr schönen Körper." Danke. Ich tue auch einiges dafür. Mein Penis wurde steif, ich drückte ihn ihr bewusst von hinten an den Hintern. Sie ließ es geschehen und seifte sich weiter gründlich ein. Ich hielt ihr die Brause. Unter der Dusche wollte sie noch nicht durchstarten, erst auf dem Bett. Alright. Mein Steifer stand die ganze Zeit steif, ehe wir uns eingecremt auf dem Bett einfanden.

„Blas mir einen." „Okay, aber zuerst will ich meinen Anteil." „Sei jetzt nicht so pampig", ermahnte ich sie, „damit verdirbst Du jede Stimmung. Aber versprochen ist versprochen, hier ist Deine Kohle." Ich legte ihr 500 Euro aufs Bett. Xandra steckte das Geld weg und meinen Schwanz in ihren Mund. Brutal gut fühlte sich das an. Diese Xandra machte mich glücklich.

Als Mittvierziger von einer hübschen 21-Jährigen einen geblasen zu bekommen – Halleluja! Ich ließ sie arbeiten – korrigieren musste ich nicht, da sie es sehr gut machte. Liegend genoss ich ihren jugendlichen Anblick zwischen meinen Beinen. Xandra blies tief und umspielte mit ihrer gepiercten Zunge immer wieder meine Eichel. „Mädel, ich komme gleich", warnte ich sie. Sie wichste mit ihrer linken Hand zu Ende. Mein Samen schoss hoch hinaus und bekleckerte meine Brust.

66

Xandra hatte das wirklich gut gemacht. Ich war mehr als zufrieden. „Merci, Mausi", lobte ich sie. „Dafür revanchiere ich mich gerne." „Wie meinst Du das?" „Jetzt bringe ich Dich zum Orgasmus." „Moment mal, davon war nicht die Rede." Da wurde ich wütend: „Was glaubt Ihr jungen Mädels eigentlich, wer Ihr seid?! Ihr bekommt 2.000 Kröten für eine Nacht und weigert Euch dann, mitzumachen – das geht nicht! Für 2.000 Eier musste ich früher einen ganzen Monat lang schuften.

Das bekommst Du hier und heute in ein paar Stunden. Sei doch mal ein bisschen kooperativ, das ist doch nicht zu viel verlangt, Mensch!" Das reichte. Ich hatte sie gut eingeschüchtert. Trotzdem legte ich noch mal nach: „Wenn das Deine Eltern wüssten, was Du hier gerade tust – Du prostituierst Dich für Geld, unglaublich. Als 21-Jährige. Wenn Du es schon tust, dann tue es richtig und anständig. Dann hast Du Dir das Geld auch verdient."

Jetzt heulte sie. Na, da sieht man wieder mal, dass man von etwas, was einem zu mächtig ist, lieber die Finger lassen sollte. Ich beruhigte Xandra und streichelte ihren Kopf. Dann ihre Brüste. Dann ihren Bauch. Dann ihre Schenkel. Das zeigte Wirkung. Xandra hatte sich beruhigt und ihre Augen geschlossen, nun gehörte sie mir. Ich streichelte ihre ziemlich große und eindrucksvolle Clit und leckte ihre charmanten Schamlippen auf und ab. Xandra genoss es und stöhnte immer lauter.

Dann machte ich ernst und wurde zur Leckgöttin Katja. Katjas Lecktechnik ist immer noch der Gipfel an oraler Kunst. So überquerte Xandra zweimal die Ziellinie. Laut schrie sie, heftig zitterte sie, gut machte sie das. Als Bonus hatte ich noch eine Überraschung im Koffer: den Womanizer. Nicht Andreas Eigentum, sondern einen Zweit-Womanizer, für genau jene Momente.

„Was ist das?!", blickte Xandra mich schockiert interessiert an. Dann: „Ah, Oh, das ist geil, weiter." Ich hielt ihr den Womanizer voll drauf und erhöhte langsam die Intensität. Noch nie in meinem Leben habe ich eine junge Frau derart heftig zittern gesehen bei einem Orgasmus, wie Xandra bei diesem. Der Womanizer hatte ihr soeben eine neue Orgasmusdimension eröffnet. Xandra wollte immer mehr davon.

Bekam sie auch. 3 Orgasmen später brauchte sie eine Pause. Ich erklärte ihr das technische Meisterwerk und hatte längst wieder einen Steifen. Bereitwillig ließ sie sich ficken. Zuerst im Stehen, sie nach vorne gebeugt, dann ich als Missionar, schließlich von hinten. Neugierig war sie auf einmal geworden, das Luder. Sie hielt mir sogar ihr A-Loch hin. Auch da passte ich rein. Mit Gummi alles natürlich. Nun sollte sie reiten. Dabei kam ich.

In meinem Arm flüsterte sie mir noch etwas vom Womanizer ins Ohr. Na gut, dann nochmal. Diesmal wollte sie die Höchststufe fühlen. Die krassen Schallwellen brachten sie erneut zu multiplen, äußerst heftigen Orgasmen. Erschöpft schliefen wir ein. Für den Sex am nächsten Morgen bereitete ich Spy Cams vor. Während Xandra ihre Morgentoilette erledigte, platzierte ich 2 Aufnahmemedien in guten Winkeln zum Bett.

Zuerst gab Xandra mir einen klasse Blowjob mit spritzigem Happy End per Hand. Dann kam sie fünfmal – zweimal durch meine Leckzunge, dreimal durch den Womanizer. Ja, und dann fickten wir. Diesmal ritt Xandra mich vorwärts, dann rückwärts. Doggy wollte ich auch noch. So kam ich dann auch.

Nach dem Frühstück war noch Zeit. Diesmal blies sie mich mit Abschuss in den Mund zum Samenerguss. So schade, dass ich dieses Finale nicht mehr aufgenommen hatte. Xandra bekam die restlichen 1.500 Euro von mir cash auf die Hand. Im Gegensatz zu Nele war sie deutlich umgänglicher gewesen. Daher wiederholten wir diese bezahlten Sex-Treffs noch viermal. Ich war insgesamt 10.000 Euro ärmer, aber geile Erfahrungen und Video-Erinnerungen reicher. Xandra meinte zuletzt, jederzeit gerne wieder. Darauf werde ich ganz sicher zurückkommen.

Ole ole ole ole!

Marlene entflammte mein Testosteron. Es war Fußball-Europameisterschaft 2008 in Österreich und der Schweiz. Andrea, die steht nicht so auf Fußball, also fuhr ich mit 2 Kumpels über die Grenze, um dieses einmalige Feeling zu erleben. Wir schauten uns alle Deutschland-Spiele vor Ort im Stadion an und jubelten die Jungs bis ins Finale, wo sie 0:1 gegen die starken Spanier verloren.

Gleich beim allerersten Trip nach Klagenfurt, wo Deutschland die Polen mit 2:0 zerstörte, passierte es: Die Plätze neben uns waren von 4 schnuckeligen, jungen Frauen belegt. Eine davon war Marlene, 25 Jahre jung. Sie saß genau neben mir. Sie war 1,75 m groß und sexy schlank. Ihr Gesicht trug die Deutschland-Flagge auf beiden Backen. Sie hatte ein Trikot der Fußball-Nationalmannschaft an und eine kurze Hose, die ihre schönen, langen Beine fantastisch in Szene setzte.

Rainer und Rudi, meine 2 Freunde, interessierten sich an diesem Tag nur für Fußball. Sie hatten schon ein paar Bier intus und grölten um die Wette. Ich war zwar auch wegen dem Fußball da, doch mein Interesse verlagerte sich von Minute zu Minute mehr hin zu dieser Marlene. Wir kamen ins Gespräch. Sie erzählte mir, dass sie aus Nürnberg komme und von Beruf Bäckereifachverkäuferin sei.

Ihre Fingernägel waren schwarz-rot-gold lackiert. Ihre echten Haare konnte ich nicht erkennen, da sie eine schwarz-rot-goldene Deutschland-Perücke trug. Ich fragte, was sie nach dem Spiel vorhabe. Sie meinte, feiern und Party machen. Ich freute mich, da auch ich dasselbe vorhatte. Ich erfuhr, dass die Mädels in einer kleinen Pension Zimmer hatten zum Nächtigen.

Wir hatten elegante Zimmer in einem besseren Hotel. Die Stimmung im Stadion war extrem gut, schließlich gewannen wir Deutschen das Spiel 2:0. Je länger das Match dauerte, desto heiterer wurden wir alle. Marlene und ich lagen uns immer öfter in den Armen. Meine Kumpels beschäftigten sich nur noch mit Ball und Bier. Marlenes Freundinnen hatten mittlerweile Kontakt zu ein paar Männern hinter ihnen aufgenommen.

Das 1:0 war geil, denn Marlene sprang mich an und presste ihren sexy Körper dicht an meinen. Ich spürte ihre großen Hupen mitsamt ihren steifen Nippeln. Ich ließ sie nicht mehr los. Über 2 Minuten schrie Marlene mir ihren Tor-Orgasmus ins Ohr. Als ich zu ertauben drohte, ließ ich sie endlich los. Mindestens genauso lang kam sie beim 2:0. Diesmal küsste sie mich einfach auf den Mund, als ich sie im Arm hielt.

Ich küsste mit. Dankeschön. Somit stand fest: Ich hatte Marlenchen sicher! Die Frage war nur, wo ich sie flachlegen würde. Als die 90 Mins rum waren, nahm ich sie bei der Hand und verdrückte mich mit ihr durch die Menschenmenge. Was an diesem Abend aus Rainer und Rudi werden sollte, war mir in diesem Moment egal. Sie würden schon irgendwie zurück ins Hotel kommen. Ich hatte mein eigenes Zimmer, also steuerten Marlene und ich dieses auch an.

Marlene hatte schon einiges an Alk intus und war weiter in Feierlaune. Besoffene Frauen sind die geilsten, das wissen wir alle. Gut für mich! Ich schmiss sie aufs Bett und schmiss mich zu ihr. Gröhlend-lachend riss ich ihr das Deutschland-Trikot vom Leib und entledigte sie ihrer Shorts. Nun musste auch die Perücke dran glauben. Zum Vorschein kam etwas sehr Überraschendes: Marlene trug Igelfrisur. Nicht einmal 0,5 cm lang, wahrscheinlich noch kürzer waren ihre Haare. Sie musste unter den Mäher gekommen sein. Oder hatte sie Krebs?

Egal, Frau ist Frau, dachte ich, Hauptsache ihr Body ist geil und sie ist willig. Beides traf zu: Ihr Body war geil und sie war willig. Als ich Marlene nackt sah, waren meine Bedenken sofort verflogen. Ich kondomisierte sie und fickte mir als Missionar einen ab. Schnell, kräftig und tief waren meine Stöße. Marlene war noch immer im Siegestaumel und jubelte mit.

Der Fast-Glatzkopf genoss meine Dynamik und räkelte ihren Körper sinnlich im Laken. Ich schmiss sie um und traf vor Geilheit die obere Luke. Ließ sie problemlos mit sich machen. Geiles Ding! Also besorgte ich es ihr anal. Als ich kam, riss ich mir das Kondom runter und ejakulierte auf ihren Arsch. Eine Menge Samen war das. Erschöpft ließ ich mich fallen und ruhte mich aus. Dieser Fick hatte mich viel Kraft gekostet. Marlene bettelte „Weiter, weiter!".

Doch ein paar Minuten Pause mussten es sein. Sie lag derweil in meinem Arm und kuschelte sich an meine Brust. Schön. Mit ihrer rechten Hand streichelte sie meinen Oberkörper und fuhr spielerisch, aber ganz bewusst, immer tiefer, wieder und wieder über meinen Schwanz, bis er erneut vollsteif war. Grinsend holte sie ein grünes Gummi aus ihrer Tasche und streifte es mir über. Dann bestieg sie mich. Ihr Ritt bestätigte das, was ich schon immer vermutet hatte: Frauen lieben es zu reiten!

Einen Mann oder ein Pferd unter sich zu haben, zu dominieren, die Kontrolle zu haben, Macht zu spüren. Marlenes Gesicht sprach Bände. Sie genoss es wie eine Europameisterin. Mit ihren Händen stützte sie sich auf meiner Brust ab und drückte mich tief in die Matte. Sie ritt, bis sie kam. Heftig war ihr Orgasmus, denn er war sehr feucht. Ihre Soße lief heraus und kleckerte auf mein Becken. Marlene ritt gnadenlos weiter, bis ich kam. Tobend. Tosend. „Magst Du die Nacht bei mir bleiben?", fragte ich sie in einem ruhigen Moment.

„Ja, klar", grinste sie und nickte 10 Minuten später nackt, aber glücklich ein. Viele Glatzenfrauen habe ich in meinem Leben nicht gehabt, daher musste ich dieses Prachtexemplar festhalten. Ich stieg vorsichtig aus dem Bett, holte meine Kamera und machte so viele Fotos wie nötig. Marlene lag nackt auf dem Bett, auf dem Bauch, und ich sah einiges. Das musste dokumentiert werden.

Next step: filmen. Ich positionierte meine Kamera in einem guten, aber kaum sichtbaren Winkel zum Bett und weckte Marlene auf. Als sie ihre Augen öffnete, hing mein Steifer vor ihrer Nase. Marlene kapierte und legte los. Sie wollte ficken, doch ich wollte geblasen werden. Lasziv kniete sie sich zwischen meine Beine und startete den Blowjob. Sie blies gut und zügig. Ich kam gut und zügig. Alles in ihren Mund. Sie zuckte nicht mal mit der Wimper, sondern machte weiter, bis sie ihn schlaff gelutscht hatte. Wow! Dann ließ ich sie schlafen, beendete die Aufnahme und legte mich zu ihr. Gute Nacht.

Der Hahn im Korb

Glasgow ist mit über 630.000 Einwohnern die allergrößte Stadt Schottlands. Sie liegt am Fluss Clyde und gilt als Arbeitertown. Mit 7 meiner besten Leute flog ich hinüber, um ein neues TV-Projekt an den glorreichen Start zu bringen. Derartige Deals im Ausland sind sehr lukrativ, daher hat meine Frau Andrea immer Verständnis, wenn ich Deutschland verlasse. Als Ernährer der Familie muss ja schließlich einer die dicke Kohle verdienen.

Wir residierten im Nobelhotel. Der erste Arbeitstag war spannend und gut. Nette Leute hatte Rogers in seinem Team, auch er war ein feiner Kerl. 1,60 m klein, dick, aber irgendwie sehr attraktiv. Der Typ hatte was. Er war sehr beliebt bei Mann wie Frau. Am Abend hätte ich gerne gefickt, doch zu müde war ich und ging daher früh schlafen.

Auslandstouren sind für mich ein Paradies, da ich komplett frei vögeln kann, ohne Angst zu haben, von Andrea erwischt werden zu können. Denn ich bin ja ganz weit weg. Kann tun und lassen, was ich will. Und wie ich es will. Am zweiten Abend waren wir geladen zur Dinner-Party. Rogers nahm seine Crew mit, ich meine. Das Essen war lecker, die Gesellschaft überaus nett. Leider hatte Rogers in seinem Kreativteam keine Granate dabei, die mich umhaute.

So blickte ich mich anderweitig um. Plötzlich kreischte eine Mädelsgruppe in die Location hinein. Ganz klar: Das war ein Jungfrauenabschied! Die eine heiratete in Kürze. Hübsch war sie! Ihre Freundinnen aber auch. Und sie waren jung. Alle um die 25. Die hatten richtig gute Laune, verdammt. Sie zogen von Tisch zu Tisch und sammelten allerlei Spenden ein. Jeder gab, was er konnte.

Die Mädels waren überdreht und gaben für die Almosen einiges zurück: Küsse auf die Wange, enge Umarmungen und sie hielten freiwillig ihre schönen Ärsche hin, die die Männer abklapsen durften. Also, ich sah keinen traurigen Mann an diesem Abend. Das Treiben wurde allerdings etwas zu bunt, da mussten die Ladies leider sich etwas mehr benehmen oder raus und verduften. Sie benahmen sich etwas. Gut.

Der Manager war zufrieden. Es wurde spät. Die Mädels feierten mit einer Runde Getränke nach der anderen. Wir ebenso. Irgendwann wurde der Laden leer. Ich wartete. In einem günstigen Moment nahm ich Kontakt zu den jungen Schottinnen auf und gesellte mich einfach mal dazu. Ich wurde mit offenen Armen empfangen. Ich war der Hahn im Korb. Die jungen Schönheiten schmissen sich von allen Seiten an mich und umgarnten mich nach allen Regeln der Kunst.

Es war nur ein Spiel, das wusste ich, aber es war ein sehr schönes Spiel. Ich spielte gerne mit. Ein Scherz gab den nächsten. Ich erfuhr, dass die Glückliche Fiona hieß und in Kürze Paul heiraten würde. Paul Dingsbums, noch nie gehört. Fiona war 23 Jahre hübsch und hatte sicher schon 2-3 Promille intus. Die anderen Mädels ebenso oder noch mehr. Wie die alle hießen, weiß ich bin heute nicht.

Ich feierte mit ihnen und überlegte derweil im Kopfkino, was ich aus diesem Abend alles machen könnte. Doch bevor ich aktiv werden konnte, kam mir eine Blondine zuvor. Sie stieß mich von hinten an und fragte mich ganz ungeniert, ob ich heute Nacht Sex haben wolle. Ich antwortete sofort mit „Ja. Mit Dir?" „Nein, mit ihr", zeigte sie auf Fiona. Die schüttelte sich vor Lachen. Ich lachte mit. Alle lachten.

Doch die Blondine hakte nach: „Komm schon, Fiona, das ist Deine letzte Chance auf Sex mit einem anderen Mann. Der hier ist doch megaschnuckelig." „Ja, das ist er, in der Tat", kicherte die Prinzessin. Ich merkte, dass sie tatsächlich überlegte. Aus dem Spiel war ein neues Spiel geworden. Ein heißeres, ein geileres, denn hier wurde aus Fantasie immer mehr Realität. „Aber ich kann Paul doch nicht betrügen", konterte sie. „Betrügen geht nur in der Ehe", erklärte ihr eine Rothaarige, „und noch bist Du nicht verheiratet.

Wenn, dann jetzt, Süße. Es ist Deine allerletzte Chance. Wenn Du ihn nicht nimmst, dann nehme ich ihn mir." „Moment mal, wenn, dann gehört er mir", mischte sich nun die Blondine wieder ein. So entstand auf einmal ein Streit, der eigentlich keiner werden sollte. Alle Mädels, 9 an der schönen Zahl, wollten mich. Ich blickte in die Runde und war wieder der Womanizer, der ich schon immer war und der ich immer sein werde.

Auf einmal wollte mich nun Fiona exklusiv, doch die anderen sahen es nicht mehr ein, mich herzugeben. Jede wollte ein Teil des Kuchens abhaben. Da kam mir die rettende und gleichzeitig geniale Idee. Ich richtete mich auf: „Wisst Ihr was?", startete ich mein Plädoyer für mich. „Lasst uns doch nicht streiten, wer es mit wem und warum tun soll. Lasst uns einfach gehen und eine richtig heiße Nacht zusammen haben. Eine unvergessliche Nacht, bevor Fiona heiratet. Ihr 9 heiße Ladies und ich. Was haltet Ihr davon?"

Stille. Was nun? Keine sagte etwas. Hatte ich mich ver-pokert? „Naja, müssen ja nicht gleich alle 9 sein, aber zumindest die, die Lust auf eine geile Nacht mit mir haben." „Ich bin dabei", kicherte die Erste. „Me too", die Zweite. „Ich erst recht" – Fiona. „Ich auch." „Ich auch." 10 Sekunden später war klar: Es würden tatsächlich alle 9 Frauen und ich sein, die zusammen aus dieser Nacht ein unvergessliches Erlebnis machen wollten.

„Let´s go!", befahl ich und zahlte alles. Spätestens jetzt war ich der Held der Runde. Eine große Dunkelhaarige meinte: „Zu mir, dort sind wir ungestört und haben Platz." Das Problem war, keine konnte mehr fahren. Alle Ladies waren rotzedicht. Taxen! 20 Minuten später standen wir in einer wunderschön eingerichteten Wohnung. Sie gehörte der Schwarzhaarigen, die wie die junge Demi Moore aussah.

Ob sie untenrum auch so behaart ist wie die junge Demi, überlegte ich. Ihre Wohnung war ein Haus, musste sie so geerbt haben. Mit ihren geschätzt 24 Lenzen konnte sie sich das ganz sicher nicht leisten. Sie organisierte alsdann weitere Runden Drinks, die Stimmung war ausgelassen. Ich schaute auf die Uhr: 3 Uhr morgens. Verdammt! Um 9 muss ich wieder bei der Arbeit sein. Na, dann mal ran an die Bouletten!

Ich ergriff die Initiative, holte eine Swing-Musik-CD aus dem Regal und legte sie ein. Dazu stellte ich mich auf den Holztisch und begann zu strippen. Die Damen rasteten aus und steckten mir Geld zu. Ein Schein nach dem anderen. So holte ich mir die Kohle aller Getränke zurück. Schließlich war ich nackt und rannte los. Alle Mädels kreischend hinter mir her. Ich flitzte ins Schlafzimmer und warf mich mit einem extravaganten Dive auf das riesengroße Bett. Die Ladies bremsten ab.

Nun wurde es ernst. Welche Schönheit würde den ersten Schritt machen? Es war die mutige Fiona, die Bride-to-be. Sie riss sich ihr Kleid vom Leib und sprang in reizvoller Unterwäsche in meinen Arm. „Komm her, Süße", jubelte ich und küsste sie. Sie küsste mit. Schnell war Fiona ganz nackt. Die Mädels standen im Halbkreis ums Bett herum und feuerten uns an.

Eine davon filmte mit ihrem Smartphone. Ich ließ es zu, da ich mir später die Aufnahme sichern und von ihrem Handy löschen würde. Wir starteten mit Petting. Ich leckte Fiona geil. Dann blies sie mich megasteif. „Ready for take-off?", fragte ich sie. Sie nickte. „Hat hier wer ein Gummi irgendwo?", fragte ich in die Runde. Die Hausbesitzerin zeigte auf die Schublade neben dem Bett. Ich bediente mich und fickte Fiona als Missionar. Die Mädels klatschten und feuerten mich lautstark an.

Fiona stöhnte nach Alkohol und schwitzte ihren Rausch aus. Ich kam in Fahrt. Immer härten wurden meine Stöße. Fiona nahm sie alle gut weg. Dann Doggy. Fiona begab sich kniend in Position und hielt mir ihren echt schönen Arsch hin. Paul war ein Glückspilz, soviel stand fest. Fiona hatte einen tollen Body, der nun von hinten bedient wurde. Ich fickte sie 4 Minuten als Hund, bis ich meinen Orgasmus anrollen spürte. Ich stöpselte schnell aus, zog mir das Kondom weg und wichste in Richtung Ziel. Fiona drehte sich zu mir und hielt mir ihr Gesicht hin.

Ich sollte „in her face" kommen. Tat ich. Und wie. Ladungen ohne Ende schüttelte ich raus und traf alles: ihre Augen, ihre Nase, ihren Mund, ihre Haare, ihre Ohren und ihre Brüste. Mein Sperma lief hinunter bis zu ihrer kahlrasierten Muschi. Erschöpft ließ ich mich fallen. Erschöpft ließ sich auch Fiona, die gerade zur untreuen Ehebrecherin geworden war, fallen. Die Mädels jubelten und applaudierten uns zu. „Danke, danke", ließ ich mich feiern und machte die Donald Trump-Siegerpose.

Mit einladenden Bewegungen forderte ich nun auch die anderen Girls auf, mir sexy Gesellschaft zu leisten. Während Fiona mit einer Freundin im Bad verschwand, um sich zu reinigen und frisch zu duschen, hatte ich plötzlich links 2 und rechts 2 Mädels im Arm. „Zieht Euch aus, kommt schon", überzeugte ich sie, genau dies auch zu tun. Bei mir befanden sich nun eine Braunhaarige, ca. 1,70 m groß, sehr schlank, etwa 21 Jahre.

Eine Blondine, ca. 1,60 m klein, noch schlanker, etwa 23 Jahre. Eine Dunkelhaarige, ca. 1,75 m lang, normale Figur, etwa 25 Jahre. Und eine Dunkelblonde, ca. 1,70 m, sportlicher Body, etwa 22 Jahre. Alle waren so hübsch anzusehen. Alle waren untenrum blanko. Alle hatten Tattoos. Keine hatte keines. Auch ein paar Piercings sah ich. Was dann folgte, war Sex pur. Eine Orgie.

Plötzlich küsste mich eine auf den Mund, die andere am Hals, die nächste am Bauch und die Vierte meinen Penis. Ich fiel fast in Ohnmacht vor Aufregung. Ich spürte Gefühle überall. Kribbeln. Hände, Münder, Füße, es war unglaublich. Dann küsste mich die Zweite auf den Mund, die Dritte am Hals, die Vierte meinen Bauch und die Erste meinen Penis. Die konnte es verdammt gut, verdammt! So drehte sich die Drehscheibe, bis aus dem Küssen mehr wurde.

Nun war die Dritte an meinem Schwanz, aber die wollte ihn nicht nur küssen, sondern richtig befriedigen. Mit Hand und Mund. Konnte sie aber nicht sonderlich gut. Egal, so konnte ich länger durchhalten. Die anderen 3 Frauen ums Bett wurden unruhig, denn das, was sie sahen, törnte sie mächtig an. Eine saß mittlerweile auf dem Sofa und rubbelte sich ihre Muschi. Eine andere tat es ebenso. Gleich neben ihr. Da kam die dritte Übriggebliebene und kümmerte sich um deren beiden Muschis. Sie leckte sie. Wahnsinn! Mal die linke, mal die rechte.

Ich wusste nicht, wohin ich noch schauen soll. 4 Frauen verwöhnen mich, und dort drüben geht ebenso die Post ab. Verdammt nochmal, ich konnte dieses Spektakel nicht filmen. Verflucht sei diese Nacht bis heute! Ich beschränkte mich auf den Moment und genoss. Nun wollte ich ficken. Gummi drauf, dann Völkerwanderung. Eine Pussy nach der nächsten. Um mich herum nahm das lesbische Treiben auch an Fahrt auf.

Ich hörte und sah Frauen stöhnen und verwöhnen. Pussylecken kann ja so schön sein! Ich fickte Doggy, wollte aber auch geritten werden. Die Erste auf mir war unfassbar geil. Es war die Braunhaarige, 1,70 m groß, schlank, etwa 21. Sie war im Tunnel und gönnte den anderen Frauen in diesem Moment nichts von mir. Mein Schwanz war in ihrer Muschi gefangen, aber ich hatte nichts dagegen, denn sie ritt unbeschreiblich gut.

Währenddessen knutschte eine andere mit mir. Tief mit Zunge. Wieder eine andere hockte über meinem Oberkörper und knutschte mit meiner Reiterin. Und die Dunkelblonde lag neben mir und masturbierte heftig. So durfte und so wollte ich kommen. Brutal explodierte ich und kam voll. Ich war glücklich. Mit 9 geilen Frauen ein Zimmer zu teilen, bei diesen Aktivitäten, das ist purer Luxus. Kann nicht jeder Mann von sich behaupten. Die Zeit arbeitete aber weiter gegen mich.

Die Nacht wurde immer kürzer, doch einmal wollte ich noch. Dreimal Kommen ist immer eine gute Zahl, denn: Alle guten Dinge sind 3! Ehrlich gesagt, erinnere ich mich nicht genau an die dritte Runde, denn die Orgie war mittlerweile dermaßen aus dem Ruder gelaufen, dass ich nicht mehr wusste, was gerade geschah. Es war ein buntes Treiben. 9 nackte, wunderschöne, junge Frauenkörper sah und spürte ich, zahlreiche Frauen-Orgasmen hörte ich.

Ich schmeckte alle Muschis, manche waren köstlich, andere nicht so. Mein Penis besuchte fast alle Münder. Ich erlebte einen inneren Kollaps. Bang – schaltete sich mein Verstand aus. Ich weiß noch, dass ich irgendwann kam und dann einschlief. Gott sei Dank hatte ich meinen Wecker gestellt, aber mehr als 2,5 Stunden Schlaf war mir in dieser Nacht nicht vergönnt.

Leider war das ein einmaliges Erlebnis. Wie geplant, so schickte ich mir noch das aufgenommene Video zu und löschte es der Neugierigen von ihrem Smartphone runter. Ich sah diese Feiergöttinnen nie wieder. Die restlichen Tage in Glasgow erlebte ich nichts Besonderes mehr. Ich war noch ein paar Mal im Bordell und kaufte mir luxuriöse Frauen für den Abend in meinem Hotel, aber das war´s dann auch. Erfolgreich schlossen wir den Auftrag ab und flogen zurück nach Munich.

Spaß mit Konsequenzen

Willkommen, Niklas! Ich bin zum dritten Mal Vater geworden. Unglaublich. Aber eine richtige Freude war es diesmal nicht. Nicht so wie bei John Paul und Anna Lina. Denn die Umstände waren d andere. Meine Ehefrau Andrea ist nämlich nicht die Mutter von Niklas. Beim Fremdgehen mit der geilen Antoinette war ich – trotz all meiner Erfahrung – derart in Lust und Laune gekommen, dass ich auf das Kondom verzichtet hatte.

Ich Oberdepp! Dabei muss es passiert sein. Mein Samenschuss befruchtete die 27-jährige Österreicherin, und wenige Wochen später erhielt ich ihren Anruf: „Du, ich muss Dir etwas Wichtiges sagen", startete sie die Konversation. Es war ein Mittwochnachmittag, ich war fleißig bei der Arbeit und mitten in der Fertigstellung einer Produktion. „Ich bin schwanger." Ich war sprachlos. Diese Pause nutzte sie, um mir die ganze Wahrheit zu verkünden:

„Von Dir." Ich schluckte. Das konnte ich jetzt überhaupt nicht gebrauchen. „Bist Du Dir sicher, dass das Kind von mir ist?", fragte ich zitternd nach. „Ja, absolut, ich hatte im letzten halben Jahr nur mit Dir Sex. Naja, auch mit ein paar anderen Männern, aber die hatten immer ein Kondom drauf." „Kondome können auch reißen", konterte ich. „Ja, aber die waren alle ganz. Ich habe sie alle selbst abgezogen. Die waren dicht."

So ein Luder! Kondome abziehen, das ist bei mir Männersache. Nun ja, abtreiben wollte sie nicht. Einen Mann hatte sie auch nicht, aber alleinerziehende Mütter gibt es zur Häufe. Antoinette wusste um meinen Beziehungsstatus, dass ich mit Andrea verheiratet bin und 2 Kinder habe. Trotzdem vögelte sie gut und leidenschaftlich mit mir während ihrer 3 Wochen, die sie für ihre österreichische Firma bei uns in München arbeitete.

Ich stellte sofort klar, dass diese Schwangerschaft absolut geheim bleiben muss und sie meine Ehe nicht gefährden darf. Das sicherte Antoinette mir zu. Na immerhin. Außerdem bestand ich auf einen Vaterschaftstest. Auch damit war Antoinette einverstanden. Ich lebte die nächsten Monate mein Leben weiter, als ob nichts sei.

Ich besuchte die immer dicker werdende Österreicherin ein paar Mal während Business-Trips bei ihr zu Hause in Salzburg und ließ mir Andrea gegenüber nichts anmerken. Unsere Beziehung war nach einer heftigen Krise zuletzt zum Glück wieder stabil und glücklich. Andrea ist einfach die beste Frau, die es gibt! Optisch immer noch sexy, aber natürlich keine 20 mehr. Ihr Körper hatte sich in den letzten 2-3 Jahren ein wenig verändert: Ein paar kleine Speckröllchen hier und da traten hervor, die sie aber mit Sport zurück in die Hölle schickte. Gut. Für Ende 30, knapp 40 und 2 Kinder immer noch ein mega Body. Ich Glückspilz! Unser Sexleben hatte auch wieder an Fahrt aufgenommen. Der Sex mit ihr war noch inniger geworden. Sex Toys bereicherten mehr und mehr unser Kuschelspiel. Schon geil, was es immer wieder für neue Maschinen gibt, die einen Orgasmus – egal ob bei Frau oder Mann – erzwingen, und das ganz ohne Rubbel-, Blas-, Leck- oder Fickanstrengung.

Zurück zu Antoinette: Ich lernte sie kennen, als ich sie am Münchener Hauptbahnhof abholte. Ihre Firma und meine hatten einen Deal abgeschlossen. Antoinette arbeitete dort seit 3 Jahren als Skripterin. Für 3 Wochen durfte sie zu mir kommen, um eine Gemeinschaftsproduktion fertigzustellen. Schon im ersten Video-Zoom-Meeting machte ich große Augen, denn sie war unglaublich hübsch.

Ein zartes Gesicht, große, strahlende Augen. Ihre blonde, lange Mähne trug sie gelockt, ihr Lippenstift war tiefrot und sinnlich. Ich freute mich sehr auf sie. Als ich sie am Munich Hauptbahnhof abholte, fiel ich vor Aufregung fast hin, als sie in High Heels und Minirock aus der 1. Klasse ausstieg und auf mich zu stolzierte. Wow, was für eine Hammerfrau, dachte ich. Schon da war mir klar, dass es mit uns im Bett enden würde.

Wir führten eine nette Konversation, während ich sie in meinem fetten BMW in die Firma fuhr. Ihr österreichischer Akzent machte mich wuschelig. Schon am zweiten Arbeitstag startete sie die Flirtoffensive und suchte die nahe Nähe zu mir. Dazu ganz bewusst eingesetzte Körperberührungen – mal die Hand auf meiner Schulter, Knie an Knie am Mittagstisch, ihr Atem in meinem Nacken – sie wusste ganz genau, was und wie sie es tat. Damit hatte sie mich längst im Sack.

Ich wartete auf die erste beste Gelegenheit, sie zu vernaschen. Die bot sich mir, als wir ein Firmenabendessen hatten. Andrea wusste Bescheid, dass es spät werden würde. Antoinette setzte sich natürlich neben mich und fußelte wie wild an mir herum. Ihre Hand unter der Tischdecke besuchte meinen Oberschenkel. Ich hatte längst einen Steifen sitzen.

Nach und nach gingen die Kolleginnen und Kollegen, bis auch wir aufstanden und zahlten. Also ich zahlte. Natürlich für alle. Firmenessen ist immer noch Firmenessen. Und steuerlich absetzbar. „Danke für den guten Italiener", lächelte Antoinette mich an. „Bringst Du mich noch in mein Hotel?" Genau das hatte ich vor: Sie in ihr Hotel zu bringen. Nicht zum, sondern ins Hotel, in ihr Zimmer. Ich begleitete sie zum Eingang und folgte ihr dann einfach.

Antoinette führte mich wie einen Hund an der Leine hinterher, hoch in den 2. Stock ins Zimmer 235. Es war ihr Zimmer. Dort fiel sie über mich her. Leidenschaftlich. Geil. Verrucht. Diese Frau wurde zu einem Sex-Vampir. Sie saugte mich aus, bevor ich sie ficken konnte. Ihr Blowjob war unfassbar gut. Ich lag rücklings auf dem Bett, hatte noch meinen schwarzen Anzug an, und sie blies mich durch den offenen Reißverschluss ins Paradies. Auch sie war noch angezogen, hatte ein schickes Kostüm an, das viel Bein und noch mehr Busen zeigte und ihre erstklassige Figur genau an den richtigen Stellen betonte.

Ihre Blastechnik war nass und schnell. Zwischendurch lutschte sie meine Eier, dann war sie wieder mit Hand und Mund an meinem Dong. Antoinette blies so gut, dass ich kaum 5 Minuten durchhielt, bis ich ihr meinen 43-jährigen Saft in den Rachen schoss. Ja, 43 ist mittlerweile der gute alte Womanizer schon. Tja, jünger wird man leider nicht, aber ich fühle mich wie Anfang 30. Dynamisch und topfit. Yeah!

Ich habe genug Lust und Leidenschaft in mir, noch so viele Frauen zu beglücken in den nächsten 30-40 Jahren. Wer kann, der kann. Nach einer kurzen Pause widmete ich mich nun Antoinettes Lust. Ich zog sie nackig aus. Ihre Brüste waren gemacht, das Werk eines richtig guten Beauty-Docs. Ihr Po war auch gemacht, sie hatte ihn sich ein wenig vergrößern lassen, wie die olle Kardashian. Ganz nett, muss aber nicht sein.

Mir fast ein wenig zu groß für eine so zierliche Erscheinung. Antoinettes Beine waren frisch epiliert, ebenso ihr Venushügel. Dass da einmal Haare waren, konnte man nur erahnen. Ihre Pussy schmeckte köstlich! Etwas nach Pfirsich. Ich schenkte ihr meine Zungenakrobatik und brachte sie zu 2 Orgasmen hintereinander. Antoinette keuchte laut und drückte mir ihr Becken ins Gesicht. Dabei zuckte sie wie der Stromschlag höchstpersönlich. Dann wollten wir ficken.

Sie streifte mir ein Kondom über und ich legte mich auf sie. Ich missionarisierte Antoinette, bis ich kam. Ihren kleinen Körper unter mir zu dominieren, das löste ein befriedigendes Gefühl in mir aus. Ich lochte schön doll ein, was ihre Schreie, die immer lauter wurden, quittierten. Nachdem wir fertig waren, duschte ich mich sauber und düste nach Hause. Ja, so ging das weiter mit uns. Wir nutzten jede freie halbe Stunde, mal in der Mittagspause, mal nach Feierabend, um uns körperliche Liebe zu schenken. Antoinette ließ mich einfach machen, als ich mal in der Hektik das Kondom vergaß. Gleich viermal ließ sie es zu.

Dabei muss es dann wohl passiert sein. Ich schwängerte sie. Und ich hatte den Salat. Als das Baby da war, ließ ich sofort meine Vaterschaft testen, doch eine nahezu 100-prozentige Beweislage machte die Sache klar: Ich war zum dritten Mal Vater geworden. „Niklas" hatte Antoinette den feschen Bub genannt. Ein schöner Name, hätte von mir stammen können, doch ein Mitspracherecht hatte ich nicht bekommen. Dafür ein Zahlrecht.

Neben den üblichen Tantiemen, die eine Vaterschaft kostet an Unterhalt etc., sollte ich Antoinette eine „Ausfallsentschädigung" plus „Schweigegeld" zahlen. Sie forderte 1.500 Euro jeden Monat. Schlampe! Aber gut, ich hab´s ja. Und das wusste sie. Ich ließ einen Dauerauftrag einrichten und zahle nun monatlich für die Ficks ohne Gummi. 1.500 Euro für die nächsten 5 Jahre plus das übliche Kindergeld, natürlich länger als 5 Jahre. Naja, so ist nun mal das Gesetz in Deutschland.

Antoinette hält sich Gott sei Dank an unsere Absprache, meine Familie da nicht reinzuziehen. Sie schickt mir wöchentlich Bilder des kleinen Niklas auf ein geheimes Handy. Mal sehen, ob ich je richtig Kontakt zu Niklas aufbauen kann …

Rockige Erinnerungen

Ich hatte mal wieder Geburtstag. Ja, die Zeit rennt heute deutlich schneller als früher. Als Mittvierziger wundert man sich manchmal, wo die Jugend geblieben ist. Ich lud groß ein und organisierte eine schicke Feier. Dazu wollte ich ein Video meines bisherigen Lebens laufen lassen. Dieses musste aber erst erstellt werden. Ich zog mich in mein Arbeitszimmer zurück und sichtete tausende Fotos meines extravaganten Lebens.

Hängen blieb ich bei den schönen Rock-Erinnerungen. Ich habe nämlich in einer Rock-Band gespielt damals, während meiner Abizeit. Damals bin ich den „Rocky Rookies" beigetreten, einer regionalen Cover-Band, die sich auf Rockmusik spezialisiert hatte. Sie bestand aus Tom (Lead-Gitarre und Gesang), Leon (Keyboards und Backing Vocals), Clarissa (Bass) und Romina (Schlagzeug).

Da Jeremy (Rhythmus-Gitarre und Gesang) ausgestiegen war, wurde dieser Platz frei. In einer lebhaften Jam-Session sicherte ich mir die Position. Nun ja, Ich war damals noch kein großer Großmeister auf der Gitarre, doch schon ziemlich gut. Und meine Stimme konnte mit Toms Vocals locker mithalten. Auf meiner knallweißen Fender Telecaster ´68 rockte ich also mit den Rocky Rookies an den Wochenenden durch die Provinz.

Es machte mir großen Spaß, live Musik zu spielen, vor allem, um damit Mädels zu beeindrucken und zu gewinnen. Ich war schon damals ziemlich good looking und ein echter Frauenschwarm, konnte mir aussuchen, wen ich ins Bett abschleppen wollte. Und das tat ich auch fleißig. Zahlreiche Groupies waren es über die 3 Jahre, die ich in der Band spielte.

Meine Eltern hatten über die Zeit schöne Fotos gemacht von mir on stage, also wollte ich unbedingt auch ein paar davon zeigen. Dabei tauchte ich tiefer in die schönen Erinnerungen von damals ein. Ich erinnerte mich an einen One Night Stand mit einem Mädchen in Düren. Ihr Name? Keine Ahnung. Ich weiß nur noch, dass sie damals in der 1. Reihe tanzte und mir schöne, blaue Augen machte.

Sie war bildhübsch, präsentierte sich mir in ihrer vollen Schönheit in kurzem Rock und mit langen Beinen. Blondig blond war sie. Total blond. Schwedisch blond. Sie war aber keine Schwedin. Nach dem Gig suchte ich sie auf und klärte den weiteren Ablauf des Abends: Ficken wollte ich. Ficken wollte sie. Also taten wir es. Im Gebüsch am naheliegenden See fickte ich ihr die Sterne vom Sternenhimmel. Dabei riss das Kondom, doch zum Glück wurde niemand schwanger.

Ein anderes herausstechendes Erlebnis hatte ich mit den besten Freundinnen Liana und Lore. Beide sahen aus wie Zwillinge. Beide klein und zierlich, beide in Jeans und T-Shirt. Beide hatten Lust auf mich. Ich hatte Lust auf beide. Zum Glück waren Lianas Eltern im Urlaub, so hatten wir sturmfreie Bude. Einen Dreier zu erleben mit 2 hübsche, jungen Frauen, das ist schon große Extraklasse. Jawohl.

Während Liana untenrum blank trug, hatte Lore etwas Schamhaare stehengelassen. Stand ihr echt gut. Ich vögelte beide Mösen rockig durch. Die bessere war definitiv die von Liana, in der ich auch kam. Lore war beleidigt und weinte heftig. Ich opferte mich und kam kurz darauf ein zweites Mal, diesmal in ihr. Schon war Lore wieder glücklich. Ich auch. Emily war meine Mitschülerin, sie stand voll auf mich. Sie bat mich, ihr Gitarren-Unterricht zu geben.

Statt Geld gab sie mir Blowjobs. Emily war äußerlich nicht ganz mein Typ, etwas Speck an den Hüften, dazu Brille. Aber blasen konnte sie echt gut. Daher durfte sie das auch zehnmal machen, ehe ich den Unterricht aufgrund von „Zeitmangel" abbrach. Ava war die Mutter von Tom. Sie hatte Tom sehr jung bekommen, mit 17. Sie war immer auf unseren Konzerten. Sie war hübsch, eine perfekte MILF. Getrennt von ihrem Mann, hatte immer einen anderen Stecher dabei.

Sie machte mir schöne Augen und schöne Beine. Ich fand sie geil. Eines Abends fuhr sie mich nach einem Gig nach Hause. Dabei machten wir einen Umweg. Irgendwo im Wald vögelte ich ihr mein Hirn raus. Das wiederholten wir einige Male. Schließlich meinte Ava, Tom hätte komisch gefragt, weil sie mich scheinbar immer so anders ansehe. Also beendeten wir es. Wallerie konnte blasen wie eine Pornodarstellerin.

Schon viel Erfahrung muss diese junge Frau gehabt haben, als sie mich damals bediente. Sie liebte es, mein köstliches Sperma zu schlucken. Dass Wallerie die Tochter meines 50-jährigen Musiklehrers Wilfried war, interessierte mich nicht die Bohne. Als dieser Wind von der Affäre bekam und mir Prügel androhte, ließ ich Wallerie los. Weiter ging es sofort mit Yella. Die war die Schwester von Wallerie und hatte schon längst Interesse an mir bekundet.

Sie schaute sich jedes Konzert von uns an und fungierte als Geldeinnehmerin. Sie wusste, dass ich etwas mit ihrer Sister hatte. Sie wusste auch von den Drohungen ihres Vaters mir gegenüber, aber sie wollte mich trotzdem haben. Da sie 23 Jahre alt war und eine eigene 2-Zimmer-Wohnung hatte, konnten wir uns dort austoben. Yella stand auf hartes, barbarisches Ficken. Jeder Akt war eine halbe Körperverletzung. Mit hochrotem Arsch und einer wunden Muschi schlief sie jedes Mal erschöpft ein.

Ich blieb gerne bei ihr über Nacht, da sie früh morgens schon wieder rammeln wollte. Sie wollte immer nur genommen werden, war nie selbst aktiv. Als junger Mann war das für mich eine Einladung ins Paradies. Yella war megahübsch, sie hatte lange, braune Haare und einen absoluten Traumkörper. Ich liebte es, ihre blanke Fotze zu fotzen. Ich fickte wohl so gut, dass Yella jedes Mal gleich mehrere klitorale Orgasmen dabei bekam. Yeah!

Irgendwann aber hatte ich genug von ihr, denn sie wollte sich in mich verlieben, ich aber wollte frei sein und frei bleiben, also schoss ich sie ab. Leider erzählte sie das ihrem rabiaten Vater, der tobte. Er drohte mir erneut, doch er konnte mir nichts anhaben. Unsere Bassistin Clarissa war eine wie ich: Sie nutzte ihr gutes Aussehen und ihrer starke Bühnenpräsenz, um sich die Abende nach unseren Konzerten mit Ficks zu versüßen.

Clarissa sah aus wie die Bassistin von Måneskin, Victoria De Angelis: sexy, verrucht, leicht zu haben, mysteriös, etwas nuttig, geil, aber war eine ganze Süße. Ich verstand mich super mit ihr. Wir konnten gut zusammen lachen und waren eng miteinander. Leon und Tom, meine Bandkollegen, hatten beide bereits vergeblich versucht, sie zu knacken.

Doch Clarissa sagte immer: „Nein, nichts innerhalb der Band, das führt nur zu Problemen." Dasselbe sagte sie mir, als ich eines abends mein Glück bei ihr versuchte. Ich gab nicht auf und versuchte es immer wieder, doch Clarissa blieb erstaunlich hart. Gleichzeitig musste ich mit ansehen, wie sie fast jedes Wochenende mit einem anderen Dödel von der Konzert After Show Party verschwand.

Clarissa lebte für den Moment. Sie hatte keine großen Pläne wie ich. Ich wollte schon damals etwas Besonderes sein und mir eine Karriere aufbauen. Sie lebte einfach und genoss. Clarissa arbeitete als Kellnerin, das reichte ihr voll und ganz. Sie bekam viel Trinkgeld. Ich fickte – genauso wie sie – vieles durch, doch sah mich immer leid, ausgerechnet sie nicht zu bekommen. Mit jedem Typen, den sie abschleppte, reizte mich dieses Luder mehr und mehr.

Schließlich kam der Tag, an dem ich die Band verließ. Schweren Herzens verkündete ich meinen Abschied. Noch hatten wir ein paar Gigs vor uns, die genoss ich voll und ganz. Das letzte Konzert habe ich heute noch komplett auf Video. Schöne Erinnerungen sind das! Danach feierten wir. Im Getöse kam Clarissa auf mich zu und meinte:

„Echt schade, dass Du uns verlässt. Ich habe immer sehr gerne mit Dir zusammengespielt. Ich mag Dich, das weißt Du. Und wenn Du willst, können wir jetzt ficken." Sehr direkt, meine Bassistin. Was gab es da zu überlegen? Natürlich wollte ich. Clarissa lebte in einer WG mit 2 Mädels. Sie schleppte mich ab. In ihrem Zimmer drehte sie die Musik auf, sodass ihre Mitbewohnerinnen nicht alles mitbekamen. Dann entkleidete sie sich.

Endlich, nach 3 Jahren, sah ich Clarissa nackt. Sie war wunderhübsch. Genauso, wie ich sie mir immer vorgestellt hatte. Ihr jugendlicher Körper war dabei, langsam zur Frau zu werden. Nackt stolzierte sie auf mich zu und drückte mich auf das Bett. Dann entkleidete sie mich. Ehe ich mich versah, ritt Clarissa mich. Ohne Gummi, denn sie war Pillendreherin. Leider ritt sie nicht so gut wie gedacht. Ich wollte einen Blowjob zum krönenden Abschluss, doch auch dieser blieb hinter meinen hohen Erwartungen zurück.

Egal, ich hatte die sexy Bassistin geknackt. In der Hoffnung auf Besserung verbrachte ich noch mehrere Abende mit der musikalischen Schönheit, doch besser wurde es im Bett nicht mit ihr. Dafür mit Penelope, ihrer WG-Mitbewohnerin. Die wollte mich auch. Penelope vögelte ich dreimal in meinem Auto. Bei ihr in der WG wäre unfair gewesen gegenüber Clarissa, das wollte ich ihr nicht antun.

In meinem Auto ging das auch. Ich leckte ihre Muschi, die einige Piercings besaß, danach blies sie mich glücklich. Penelope konnte fantastisch blasen. Sie war 22 Jahre und spielte in einer Kapelle Trompete. Wahrscheinlich konnte sie deshalb so gut blasen. Naja, weitere dieser schönen Erinnerungen drängten sich mir auf, doch nun musste ich endlich die schöne Foto-Diashow zusammenstellen. Ein paar Pics aus dieser Zeit nahm ich mit. Schon toll, was ich so alles erlebt habe. Ja, ich war schon immer ein Sonnenkind, ein Glückspilz, ein Senkrechtstarter, ein Womanizer!

Buch-Tipps vom Womanizer

The Womanizer
Ich, der Fremdgeher 1
Die Abenteuer des Womanizers

Sex, Erotik, Liebe, Lust und geile Leidenschaft – dies ist die spannende Geschichte, die Autobiografie des Womanizers, eines Mannes, der seinem Leben keine Grenzen setzt und sich alle sexuellen Wünsche und Träume erfüllt. Obwohl er glücklich in einer Beziehung mit seiner Freundin Andrea ist, die er auch wirklich liebt, gönnt er sich alle Freiheiten, um das zu genießen, wovon andere Männer nur träumen. Er erlebt fantastische Abenteuer ebenso wie böse Reinfälle, heiße Affären, Sex mit 3 Frauen gleichzeitig, Erpressung, Glück und Leid in Beziehung und One Night Stands.

Erfahren Sie mehr über den Mann hinter der Womanizer-Maske und sein Leben. Fantasien werden Wirklichkeit, Wünsche wahr. „Ich, der Fremdgeher 1" ist ein hochexplosives und spannendes Werk, das den Leser fesselt, anregt und erregt. 63 Kapitel voller Sex, Lust und Leidenschaft. 200 Seiten pure Erotik. Doch auch Schuld und Moral spielen eine Rolle. Immer wieder hinterfragt der Womanizer sein schändliches Treiben und will seiner Freundin treu bleiben, doch die Lust ist zu groß und die weiblichen Reize sind zu stark ... und so stürzt er sich ins nächste Abenteuer. Ein Buch, über das Sie noch lange sprechen werden!

ISBN 978-3-8423-2186-1
Books on Demand

Buch-Tipps vom Womanizer

The Womanizer
Ich, der Fremdgeher 2
Neue Abenteuer des Womanizers

Dies ist Teil 2, die Fortsetzung der spannenden Lebensgeschichte des Womanizers, eines Mannes, der seinem Dasein keinerlei Grenzen setzt und sich all seine sexuellen Wünsche und Träume erfüllt. Obwohl er mittlerweile glücklich verheiratet und stolzer Vater eines Sohnes ist, gönnt er sich die Freiheiten, um das zu genießen, wovon andere Männer träumen. Er erlebt fantastische Abenteuer ebenso wie böse Reinfälle, heiße Affären, Glück und Leid in Beziehung und One Night Stands. Erfahren Sie alles über den Mann hinter der Maske und sein geniales Leben. Fantasien werden Wirklichkeit, Wünsche wahr.

„Ich, der Fremdgeher 2" ist ein explosives Werk, das den Leser fesselt, anregt und erregt. 35 Kapitel voller Sex, Liebe und Leidenschaft, 200 Seiten pure Erotik, das ist die fantastische Welt des Womanizers. Doch auch Schuld und Moral spielen eine Rolle. Immer wieder hinterfragt er sein Treiben und will seiner Ehefrau Andrea treu bleiben, doch die Lust ist zu groß und die weiblichen Reize sind zu stark ... und so stürzt er sich ins nächste Abenteuer. Die fantastische Fortsetzung von „Ich, der Fremdgeher 1". Ein Buch, das Sie nicht mehr loslassen wird, denn tief in Ihnen stecken auch der Trieb, die Lust und die Gier auf die Erfüllung all Ihrer sexuellen Wünsche und Fantasien.

ISBN 978-3-8448-7446-4
Books on Demand

Buch-Tipps vom Womanizer

The Womanizer
Ich, der Fremdgeher 3
Die letzten Geheimnisse des Womanizers

Dies ist Teil 3 der Biografie über das Leben und das Wirken des legendären Womanizers, eines Mannes, der sich trotz hübscher Ehefrau und zweier wundervoller Kinder außertourlich all seine sexuellen Wünsche und Träume erfüllt. Dabei erlebt er das, wovon andere Männer nur träumen. Diesmal: Sex mit den blutjungen Animateurinnen Grit und Hanna, krasse Abenteuer in der Glory Hole Bar, eine heiße Romanze mit PR-Lady Ella, der fantastische Vierer mit den US-Girls Chloe, Madison und Stella, Kindermädchen Magdalena auf Extratour, Erotikmassagen der göttlichen Luisa, Jugenderinnerungen an Raliza, Techtelmechtel mit Praktikantin Aiko, Reinfall mit Frauke, Oh Julia, Andreas geheime Kiste, Ü-50erin Sabrina, Playboy-Lifestyle mit den Hostessen Torrie und Whitney, die scharfe Kerstin, und vieles mehr.

„Ich, der Fremdgeher 3" ist ein explosives und reizvolles Werk, das den Leser fesselt, anregt und erregt. 34 Kapitel voller Sex, Liebe und Leidenschaft, 200 Seiten pure Erotik, das ist die extravagante Welt des Womanizers. Die geile Fortsetzung von „Ich, der Fremdgeher 1 & 2". Ein Buch, das Sie nicht mehr loslassen wird, denn tief in Ihnen stecken auch der Trieb, die Lust und die Gier auf die Erfüllung all Ihrer sexuellen Fantasien.

ISBN 978-3-7460-1524-8
Books on Demand

Buch-Tipps vom Womanizer

The Womanizer
Ich, der Fremdgeher 4
Kostbare Perlen des Womanizers

Mein Leben ist ein Traum! Attraktiv, gesund, glücklich verheiratet, Vater zweier wundervoller Kids, erfolgreicher Business-
mann, Top-Verdiener, dazu Dauergast in den Betten hübschester
Ladies. Das bin ich, der Womanizer! In meiner Biografie „Ich,
der Fremdgeher" haben Sie in den Teilen 1-3 alles über mich,
mein Leben, meine Fantasien und meine Taten erfahren. Mein
Wirken auf der Überholspur ist grandios. Alle Männer wären
gerne wie ich. Über 1.500 Frauen habe ich im Bett gehabt, und
es werden immer mehr. Ich weiß, mit welchen Tricks ich geile
Frauen um den Finger wickeln muss, um von ihnen das zu bekommen, was ich möchte: Sex! Und genauso weiß ich, mit welchen Schlichen ich das alles meiner Gattin Andrea verheimli-
chen kann.

Für Band 4 habe ich in meiner Schatzkiste gegraben und präsentiere kostbare Perlen des Womanizers: Bezaubernde Damen,
mit denen ich heiße Stunden, Tage oder mehr erlebt habe. Von
meinen wilden 20ern bis jetzt Anfang 40 habe ich eine knistern-
de Auswahl zusammengestellt, die Lust auf mehr macht. Möge
mein Lebensstil Sie beflügeln, Ihnen Mut schenken und Sie an-
spornen, es mir gleich zu tun. Denn Frauen sind dazu da, gevögelt zu werden und den Mann sexuell glücklich zu machen.
Nutzen Sie Ihren Schwanz und geben Sie ihm, was er braucht:
Eine hübsche Lady nach der anderen! Ich wünsche Ihnen viel
Spaß mit meinen kostbarsten Perlen, von geilen ONS bis hin zu
Sex mit 3 girls on fire. Und vieles, vieles mehr!

ISBN 978-3-7481-4685-8
Books on Demand

Buch-Tipps vom Womanizer

The Womanizer
Ich, der Fremdgeher 5
Heroische Erlebnisse des Womanizers

Heroische Erlebnisse sind es, die ich Ihnen diesmal präsentiere. Dies ist der 5. Band meiner Reihe „Ich, der Fremdgeher". Und immer noch gibt es spannendes Neues zu berichten, der Stoff geht mir nie aus. Wetten sind etwas Geiles, denn mit ihnen kann man Frauen gewinnen und gefügig machen. Auch MILF (Mothers I´d like to fuck) sind etwas Besonderes, da sie meist doppelt hot sind auf ein sündhaftes Abenteuer. Diese beiden Themen bilden den Schwerpunkt des Werkes. Ich bin der legendäre Womanizer. Ach, was habe ich schon gevögelt in meinem Leben! Über 1.500 Ladies sind es bisher, und es werden weiter mehr. Die 2.000 sind knackbar! Und auf welche schönen Momente ich zurückblicken kann: Viele Highlights davon haben Sie bereits gelesen, andere erfahren Sie nun.

Trotz hübscher Gattin und glücklichem Vatersein ist Leben für mich mehr als Familie: Leben ist für mich SEX! Abenteuer! Lust! Trieb! Leidenschaft und Liebe! One Night Stands! Spaß haben und alles mitnehmen, was geht. Bereut habe ich bisher nichts. Ich lebe das Leben, das ich liebe. Auf der Überholspur, in den Betten hübscher Frauen. In diesem 200-Seiter machen wir eine Zeitreise vom jungen Womanizer bis hin zum heutigen Womanizer. Ich schenke Ihnen heißeste Sex-Abenteuer und heroische Erlebnisse meiner Person, die Sie noch nicht kennen, aber nach dem Lesen nicht mehr missen werden wollen. Tanken Sie Mut und versuchen Sie mir nachzueifern, denn das Leben kann so verdammt geil und schön sein!

ISBN 978-3-7494-1985-2
Books on Demand

Buch-Tipps vom Womanizer

The Womanizer
Ich, der Fremdgeher 6
Das Ende des Womanizers?

Ist dies das Ende des Womanizers? Tja, meine lieben Freunde der Sonne, vielleicht ist das wirklich der letzte Vorhang, der für mich fällt. Meine Frau Andrea hat ein Ehe-Break gefordert. Sie braucht eine Auszeit, sagt sie, von mir. Aber nicht vom schönen Haus, das ich gekauft habe. Auch nicht von dem guten Geld, das ich ihr jeden Monat überweise. Hat sie mich beim Fremdficken erwischt? Nein. Warum dann dieser krasse Schritt von ihr? Keine Ahnung. Frauen sind einfach unberechenbar! Ich muss ausziehen und schwebe in der beschissenen Ungewissheit, ob und wie es mit uns weitergeht. Die armen Kinder! Hat Andrea einen neuen Stecher oder Geldgeber? Geht sie etwa mir fremd? Ich werde es herausfinden.

Gleichzeitig aber lebe ich mein Womanizer-Leben weiter. Jetzt erst recht! Ich poppe Immobilienmaklerin Heidi, gewinne die sexy Fitness-Polizistin Cornelia, verliebe mich in Nutte Agnes, erlebe geniale Erotikmassagen, treffe meine Jugendliebe Yasmin nach 20 Jahren wieder, habe geilen Gruppensex mit der 18-jährigen Daphne und ihren Busenfreundinnen, kämpfe mit der skrupellosen Laetitia um meine Firma, finde in meiner Angestellten Susanna eine heiße Bettgespielin, führe die sexuell blockierte Maren in meine hohe Kunst ein und genieße eine heiße Affäre mit der geheimnisvollen Tattoo-Frau Jacqueline. Aber: Kann ich meine Ehe retten? Wird Andrea ihren Irrsinn beenden? Ich werde alles dafür tun!

ISBN 978-3-7494-3590-6
Books on Demand

Buch-Tipps vom Womanizer

The Womanizer
Ich, der Fremdgeher 7
Comeback des Womanizers

Ich bin zum dritten Mal Vater geworden ... doch diesmal nicht mit meiner Gattin Andrea. Trotzdem: Welcome, Niklas! Bei der Fußball-Europameisterschaft lernte ich die Glatzenfrau Marlene kennen und feierte mit ihr den Sieg Deutschlands im Bett. In Amerika stieß ich auf die Geschäftsfrau Harper, die mich zuerst hasste, dann aber liebte. Kein Wunder, ich hatte sie dermaßen eifersüchtig gemacht mit den Diven Grace & Eleanor. Schließlich verfiel sie mir mit Haut und Haaren. Meine Grafikerin Antonia erlebte eine Ehehölle, ich half ihr raus. Als Dank bekam ich sie, doch leider war sie mir nicht gut genug im Bett. Die 18-jährige, bildhübsche Nele war unerreichbar für mich, da musste ich sie mir kaufen. 3.000 Euro war sie mir wert. Was ich dafür bekam? So einiges!

In Glasgow trieb ich es mit 9 Frauen gleichzeitig, ich war der Hahn im Kopf. Sexualtherapeutin Juna wollte meine Frage, ob ich sexsüchtig sei, ganz genau beantworten. Dazu musste ich einige Praxistests absolvieren. Rockige Jugenderinnerungen teile ich genauso mit Euch wie meine peinlichsten Sex-Momente, z.B. als ich bei der mysteriösen Alexis einfach nicht kommen konnte. Tja, Nobody´s perfect. Ein Highlight der letzten Zeit war die blutjunge Xandra, ein teures, aber geiles Geschenk des Himmels. Zu guter Letzt verliebte ich mich in Susi. Ich kannte sie seit vielen Jahren als Helferin in der Hautarztpraxis, doch erst Sansibar brachte uns zusammen. Ich liebe sie und führe aktuell 2 Beziehungen. Aber ich muss mich bald entscheiden: Andrea und meine beiden Kinder ... oder Susi.

ISBN 978-3-7543-5134-5
Books on Demand

Buch-Tipps vom Womanizer

The Womanizer
Sex Bomb
100 Tricks, Frauen ins Bett zu bekommen

DER PLAYBOY TRICK * DER PIANIST TRICK * DER FEUERWEHRMANN TRICK * DER BABYSITTER TRICK * DER 6 RICHTIGE IM LOTTO TRICK * DER BILLARD TRICK * DER MAGISCHE ZETTEL TRICK * DER KINO TRICK * DER HUNDEHALTER TRICK * DER ROTE ROSEN TRICK * DER BARMANN TRICK * DER ZAUBER TRICK * DER CHEFREDAKTEUR TRICK * DER JUNG-FRAU TRICK * DER SPIONAGE TRICK * DER SCHLITTSCHUHLÄUFER TRICK * DER PORNODARSTELLER TRICK * DER MASSEUR TRICK * DER VERFLOS-SENEN TRICK * DER SCARY MOVIE TRICK * DER BUCHAUTOR TRICK * DER FUSSBALLSPIELER TRICK * DER BLIND DATE TRICK * DER KOLLEGIN TRICK * DER FOTOGRAF TRICK * DER GIPS TRICK * DER KONZERT TRICK * DER WETTE TRICK * DER REPORTER TRICK * DER SAUNA TRICK * DER KAMASUTRA TRICK * DER CHARLIE SHEEN TRICK * DER SCHLANGEN TRICK * DER WETTBEWERB TRICK * DER AMATEURPORNO TRICK * DER RESTAURANT CHEF TRICK * DER GEBURTSTAGSPARTY TRICK * DER UM-ZIEH TRICK * DER SCHÖNE FRAU TRICK * DER SHOPPING TRICK * DER CALLBOY TRICK * DER XXL-KONDOM TRICK * DER EBAY TRICK * DER EBAY DELUXE TRICK * DER BETTENKAUF TRICK * DER POKER TRICK * DER ANNA TRICK * DER MASKENBALL TRICK * DER EINKAUFS TRICK * DER EX ONE NIGHT STAND TRICK * DER DJ KUMPEL TRICK * DER POR-SCHE TRICK * DER BORDELL CASTING TRICK * DER BORDELL CASTING DELUXE TRICK * DER SEXSHOP TRICK * DER STILLE TRICK * DER E-MAIL TRICK * DER FACEBOOK PARTY TRICK * DER JOGGER TRICK * DER THER-MEN TRICK * DER ROBINSON CLUB CAMYUVA TRICK * DER 25 ZENTIME-TER TRICK * DER SALTO TRICK * DER TRAUM TRICK * DER COACHING FÜR SINGLES BUCH TRICK * DER 5 DVDS ZUR AUSWAHL TRICK * DER STRAPSE TRICK * DER MASSAGEKURS TRICK * DER VISITENKARTEN TRICK * DER WITZE TRICK * DER TAGEBUCH TRICK * DER VIBRATOR TRICK * DER SPIRITUELLE TRICK * DER TANZ TRICK * DER WELTREKORD TRICK * DER POLEN TRICK * DER 10 MINUTEN TRICK * DER VERLASSE-NEN TRICK * DER PFIFFIGE TRICK * DER SCHLAF MIT MIR TRICK * DER SCHAUSPIELFREUNDIN TRICK * DER GANZKÖRPERMASSAGE TRICK * DER FLOATING TRICK * DER ZUCKERWATTE TRICK * DER BUTLER TRICK * DER KÄLTE TRICK * DER PROMIFOTO TRICK * DER STEWARDESS TRICK * DER RETROSPEKTIVE TRICK * DER KUMPEL TRICK * DER CHEF TRICK * DER KAJAK TRICK * DER SCHWESTER TRICK * DER WEIHNACHTSMANN TRICK * DER PUTZFRAU TRICK * DER GESCHENK TRICK * DER SPRICH MICH AN TRICK * DER SADOMASO TRICK * DER ZAHLEN TRICK * DER SPEED-DATING TRICK

ISBN 978-3-8448-0574-1
Books on Demand

Buch-Tipps vom Womanizer

The Womanizer
Meine heißesten Sex-Abenteuer

The Womanizer präsentiert seine allerheißesten Sex-Abenteuer! Nach dem Erfolg seiner Bestseller „Ich, der Fremdgeher 1-6" ist dies ein weiteres Meisterwerk des Mannes, der über 1.500 Frauen im Bett hatte und als Casanova des 21. Jahrhunderts in die modernen Geschichtsbücher eingehen wird. Hierin schildert er seine geilsten Sex-Erlebnisse der letzten 10 Jahre seines aufregenden Lebens und Tuns: Barbara, Teresa, Mary, Iris, Tammy, Rimma, Caro, Lucy, Paula, Jenny, Gabi, Denise, Raliza, Katja, Angie, Anja, Jana, Celine und Alicia heißen die Damen, die The Womanizer für dieses Best of ausgewählt hat.

Jedes dieser Abenteuer zählt zu seinen Favourites. Tauchen Sie ein in die Welt und den Körper des Womanizers und erleben Sie mit ihm seine heißesten Sex-Abenteuer – live und hautnah, uncensored und geil, prickelnd und erlösend. Spüren Sie die Zärtlichkeiten, den Sex, die Erotik, die Lust und die Leidenschaft, die dieses Buch zu einem interaktiven Lesevergnügen machen. The Womanizer wünscht Ihnen viel Freude mit „Meine heißesten Sex-Abenteuer"!

ISBN 978-3-8448-1952-6
Books on Demand

Buch-Tipps vom Womanizer

The Womanizer
SEXSÜCHTIG!
(M)EINE FRAU IST NICHT GENUG

(M)EINE FRAU IST NICHT GENUG – das ist die Philosophie und das Lebensmotto des Womanizers! Nach vielen Bestseller-Büchern präsentiert der Playboy des 21. Jahrhunderts sein Werk „SEXSÜCHTIG!", in welchem er die wundervolle Beziehung zu seiner Ehefrau Andrea beschreibt und gleichzeitig über seine geilsten Seitensprünge intimst Auskunft gibt. Erfahren Sie mehr über den Mann, der schon über 1.500 Frauen im Bett hatte, und seine heißen Sex-Abenteuer mit Isabel, Simone, Carmen, Melly, Sandy, Samira, Michèle, Bianca, Lena, Silke, Lolita und Wendy.

Megaerotisch sind seine intimen Schilderungen von Liebe, Sex und Zärtlichkeit, Lust und Leidenschaft, Gier und Verlangen. (M)EINE FRAU IST NICHT GENUG – der Drang nach neuen Erfahrungen, nach jungen, schönen Körpern und tabulosen Mädels ist groß. Und die Mädels sind willig. The Womanizer nimmt sie gerne, aber nur die Besten! Und was die so alles können, erfahren Sie in diesem Buch!

ISBN 978-3-8482-0035-1
Books on Demand

Buch-Tipps vom Womanizer

The Womanizer
Sexy!
Memoiren eines Playboys

Tauchen Sie ein in eine Welt voller Lust, Leidenschaft, Sex und Erotik! The Womanizer präsentiert seine Memoiren und berichtet von seinen spannendsten Sex-Abenteuern mit blutjungen, bildhübschen 18-jährigen Mädchen bis hin zu 43-jährigen, reifen Damen. Sie alle sind ihm hilflos verfallen und finden einen Ehrenplatz in diesem Werk, das durch intimste Schilderungen und faszinierende Erlebnisse überzeugt.

„Sexy!" ist ein interaktives Lesevergnügen – der Womanizer erzählt seine Begegnungen hautnah und lebendig, als wären Sie persönlich dabei. Freuen Sie sich auf 24 Ladies und ihre Traumkörper, ihre Lust und Gier nach einem Mann, der sie glücklich macht. Anhand seiner orbitanten Leistungen ist The Womanizer zweifelsohne DER Playboy des 21. Jahrhunderts. Und nun viel Freude beim Lesen und Genießen dieses Buches!

ISBN 978-3-8482-0153-2
Books on Demand

Buch-Tipps vom Womanizer

The Womanizer
Verbotene Lust!
Sex ist mein Leben

In „Verbotene Lust!" führe ich Sie in meine geile Vergangenheit und präsentiere einige Raritäten und Perlen meiner sexuellen Lust. Da ich meine Abenteuer dokumentiere, weiß ich exakt Bescheid und kann detailgenau das schildern, was ich erlebe, wovon andere Männer nur träumen. Auch wenn diese Lust eigentlich „verboten" ist, so ist sie für mich normal. Ich sehe nichts Schlimmes daran, dass ich mich sexuell auslebe und mir meinen Spaß auch in anderen Betten hole. Ich verletze meine Ehefrau Andrea ja nicht, sie kennt halt nur nicht die volle Wahrheit. Und die wird sie auch nie erfahren.

Freuen Sie sich auf meine sexuellen Abenteuer mit der Therapeutin Silva, das Maskenball-Spektakel, den sensationellen Vierer mit Kylie, Nele und Helene, die Sex-Toy-Verkäuferin Cathy, die Praktikantin Kerstin, das 18-jährige Kindermädchen Magda, und auf vieles mehr. Sex ist mein Leben, daher werde ich stets die „Verbotene Lust" mitnehmen, leben und genießen, denn ich bin und bleibe The One & Only Womanizer!

ISBN 978-3-7460-4353-1
Books on Demand

Buch-Tipps vom Womanizer

The Womanizer
Meine besten Dreier
2 Ladies & The Womanizer

Was für viele Männer ein ewiger, unerfüllter Traum bleibt, ist für mich geile Realität: der sagenumwobene flotte Dreier! Ach, wie oft schon habe ich 2 Frauen gleichzeitig im Bett gehabt und sensationelle Stunden mit ihnen erlebt. Wenn auf einmal 4 Hände und 2 Münder loslegen und ihr Bestes geben, dann sieht man die Sterne funkeln. Nach meinen Verkaufsschlagern „Ich, der Fremdgeher 1-6" sowie diversen Specials ist es an der Zeit, der großen Nachfrage gerecht zu werden und den Spot auf meine besten Dreier zu lenken. Hier gilt das Gesetz: Wenn ich Gruppensex habe, bin ich der einzige Mann! Platz für einen zweiten Mann gibt es nicht. Und die Frauen, mit denen ich es treibe, müssen hübsch und geil sein. Sexhungrig und offen für alles.

Wenn meine geschätzte Frau Andrea von meiner Dreier-Leidenschaft wüsste, würde sie mich umbringen. Nun ja, einmal hat sie ja selbst mitgemacht, mit der süßen Lena. Dieser ganz besondere Dreier wird ausführlich im Werk behandelt und erhält als Abschlusskapitel den Ehrenplatz. Aber sonst bin ich für Andrea ein liebender, treuer und einfach der perfekte Ehemann und Partner. Bin ich ja auch, bis auf das mit der Treue … Lassen Sie sich eines versichern: Wenn Sie bisher noch keinen Dreier mit 2 Frauen erlebt haben, dann haben Sie wirklich etwas Ultimatives verpasst!

ISBN 978-3-7528-3132-0
Books on Demand

Buch-Tipps vom Womanizer

The Womanizer
Geile 18
Jung, Schön, Sexy & Versaut

Die Zahl 18 ist eine magische, denn sie beschreibt die Eigenschaften, die mir an Frauen wichtig sind: Jung, Schön, Sexy und
Versaut! Ich spreche von Göttinnen, die soeben die Grenze vom
Mädchen zur Frau überschritten haben und sich in einem überaus reizvollen Alter befinden. Wenn ein Mädchen endlich volljährig wird, steht sie mir offen. Yeah! Ihre süßen, noch mädchenhaften Rundungen, ihr faltenfreier Körper, ihr unschuldiger
Blick – all das verführt mich ungemein. Noch mehr verführen
mich die 18-jährigen Luder, die es darauf anlegen. Die um geilen Analsex betteln, Fesselspiele beherrschen, Sperma genüsslich schlucken und genau wissen, wie sie mich befriedigen können. Die mit 18 bereits alle Tabus abgelegt haben, um im Bett
ihre und meine Erfüllung zu erleben.

Als Mann Ende 30, mit der tollen Andrea verheiratet und Vater
zweier wundervoller Kinder, als renommierter Produzent und
Gutverdiener, ist es mir eine Ehre, auch heute noch mir das zu
holen, was ich will. Sexuell. In meinem Leben habe ich bereits
über 1.500 Frauen im Bett gehabt, davon waren sicher 100 dabei, die Sweet Little Eighteen waren. Aufgrund großer Nachfrage habe ich meine besten sexuellen Erlebnisse mit 18-jähri-
gen Girls zusammengestellt. Und dabei festgestellt: Ein Buch
reicht dafür nicht aus! Daher kündige ich jetzt schon eine Fortsetzung dieses Werkes an.

ISBN 978-3-7528-8060-1
Books on Demand

Buch-Tipps vom Womanizer

The Womanizer
Supergeile 18
So Jung, Schön, Sexy & Versaut

18 ist eine magische Zahl, denn sie beschreibt die Eigenschaften, die mir an Frauen wichtig sind: So Jung, Schön, Sexy und Versaut! Die Rede ist von Göttinnen, die soeben die Grenze vom Mädchen zur Frau überschritten haben und sich in einem überaus reizvollen Alter befinden. Wenn ein Mädchen endlich volljährig wird, steht sie mir offen. Yeah! Ihre süßen, noch mädchenhaften Rundungen, ihr faltenfreier Körper, ihr unschuldiger Blick – all das verführt mich ungemein. Noch mehr verführen mich die 18-jährigen Luder, die es darauf anlegen. Die um geilen Analsex betteln, das Fesselspiel beherrschen, Sperma schlucken und genau wissen, wie sie mich befriedigen können. Die mit 18 bereits alle Tabus abgelegt haben, um im Bett ihre und meine Erfüllung zu erleben.

Als Mann Ende 30, mit der tollen Andrea verheiratet und Vater zweier wundervoller Kinder, als renommierter TV-Produzent und Gutverdiener, ist es mir eine Ehre, auch heute noch mir das zu holen, was ich möchte. Sexuell. In meinem Leben habe ich bereits über 1.500 Frauen im Bett gehabt, davon waren sicher 100 dabei, die Sweet Little Eighteen waren. Aufgrund der großen Nachfrage habe ich meine besten sexuellen Erlebnisse mit 18-jährigen Girls zusammengestellt. Doch: Ein Buch reicht dafür nicht aus! Dies ist Teil 2, die Fortsetzung von „Geile 18"! Auf geht´s in einen supergeilen Liebesstrudel, denn sie sind So Jung, Schön, Sexy und Versaut!

ISBN 978-3-7528-2472-8
Books on Demand

Buch-Tipps vom Womanizer

The Womanizer
Meine aufregendsten One Night Stand
Frauen, die ich nie vergessen werde

Sex ist mein Leben! Über 1.500 Ladies zwischen 18 und 50 habe ich bisher im Bett gehabt. Als liebevolle Mutter meiner Kinder ist meine langjährige Partnerin und Ehefrau Andrea immer noch meine absolute Traumfrau, der Sex mit ihr ist toll. Dennoch, glücklich in Beziehung und erfolgreich im Beruf, wie ich es bin, brauche ich die Abwechslung im Bett. Damit meine ich aber nicht die Bettwäsche, sondern Damen. One Night Stands sind ein probates Mittel, um unverbindlich und fröhlich sein Vergnügen zu erzielen. Viel einfacher als eine Affäre.

Ich bin ein Profi, was One Night Stands angeht. Zu viele habe ich schon erlebt und erlebe sie weiterhin, dass ich genau weiß, wie ich eine Frau, die ich geil finde, in mein Bett und von ihr heißen Sex bekomme. Für dieses Best of habe ich mich für die aufregendsten One Night Stands meines Lebens entschieden, mit Frauen, die ich niemals vergessen werde. Lassen Sie sich inspirieren von meinen Taten, tauchen Sie ein in den Körper des Womanizers, und ab geht die Bett-Post!

ISBN 978-3-7528-4102-2
Books on Demand

Buch-Tipps vom Womanizer

The Womanizer
Meine aufregendsten One Night Stand 2
Frauen, die ich niemals vergesse

Sex ist mein Leben! Über 1.500 Ladies zwischen 18 und 50 habe ich bisher in meinem Bett gehabt. Als liebevolle Mutter meiner beiden Kinder ist meine langjährige Partnerin Andrea immer noch meine absolute Traumfrau. Dennoch, glücklich in Beziehung und erfolgreich im Beruf, wie ich es nun mal bin, brauche ich ständige Abwechslung im Bett, und damit meine ich nicht Bettwäsche, sondern Damen. ONS, One Night Stands, sind ein probates Mittel, um unverbindlich sein Vergnügen zu erzielen. Viel einfacher als eine Affäre.

Ich bin Profi, was solche One Night Stands angeht. Zu viele habe ich schon erlebt, dass ich genau weiß, wie ich eine Frau, die ich supergeil finde, ins Bett und von ihr Sex bekomme. Für dieses Best of habe ich mich für die aufregendsten ONS meines Lebens entschieden, mit Frauen, die ich niemals vergesse. Ich wünsche Ihnen Freude beim interaktiven Studieren meiner geilsten One Night Stands Teil 2!

ISBN 978-3-7460-4936-6
Books on Demand

Buch-Tipps vom Womanizer

The Womanizer
In MILF Paradise
Extravagante sexuelle Erlebnisse mit scharfen Müttern

MILF (Mothers I´d like to fuck) sind etwas Exklusives, denn sie sind sexy, rattenscharf und geil. Ich habe in meinem Leben bereits über 1.500 Frauen im Bett gehabt, Dutzende waren horny MILF. Viele davon verheiratet, einige Single. Die jüngste MILF war 18, die älteste 47. In diesem Werk habe ich meine extravagantesten sexuellen Erlebnisse mit ebendiesen lasziven Müttern und Kindshüterinnen zusammengestellt. Meine Frau Andrea ist nach wie vor unwissend meines wilden Treibens. Ihr bin ich der perfekte Gatte und liebevolle Vater unserer 2 Kinder.

Doch so sehr ich meine Frau liebe, treu sein kann und will ich ihr einfach nicht. Dieses Projekt „In MILF Paradise" entstand durch mein sensationelles Erlebnis mit Kollegin Nina, 23-jährige Mutter des kleinen Anton (2). Nina war der helle Wahnsinn! Ihr gebührt daher auch der Startplatz. Freuen Sie sich auf meine geilsten Affären mit MILF-Mothers, die auch Sie sofort nehmen würden. Ich wünsche Ihnen viel Freude und Anregung beim Lesen!

ISBN 978-3-7481-9116-2
Books on Demand

Buch-Tipps vom Womanizer

The Womanizer
Besiegt, Erobert & Geliebt
Wie ich Frauen über Wetten zum Sex bekomme

„Wetten, dass..?" – Wer kennt sie nicht, die einzigartige ZDF-Samstagabendshow, die 35 Jahre lang die Welt erfüllte. Spektakuläre Wetten wurden durchgeführt. Wetten spielen auch in my life eine große Rolle. Ich wette sehr gerne! Weil ich dadurch schon viele Frauen rumbekommen habe. In vorliegendem Werk habe ich meine heißesten Sexgeschichten zusammengestellt, die ich mir erspielt habe. „Besiegt, Erobert & Geliebt" lautet diesmal das Motto. In der Regel bekomme ich Frauen auch so.

Über 1.500 habe ich bereits im Bett gehabt, bald knacke ich die 2.000. Einige von ihnen musste ich aber ein wenig überzeugen, es mit mir zu tun. Und hier kommen die Wetten ins Spiel. Man muss Frauen nur eine reizvolle Wette anbieten, mit einem Gewinn für sie. Man muss sie auch am Ego packen. 7 geniale „Besiegt, Erobert & Geliebt"-Erlebnisse warten hier auf Sie. Diese sollen Sie inspirieren und Ihnen zeigen, welche Tricks mir halfen, die Nuss doch noch zu knacken.

ISBN 978-3-7528-9408-0
Books on Demand

Buch-Tipps vom Womanizer

The Womanizer
Meine wildesten Erlebnisse
Wenn Fantasien Wirklichkeit sind

Der Womanizer ist back, mit seinen wildesten Erlebnissen im Gepäck. Wir blicken auf Highlights meiner Laufbahn. Yasmin, die als Teenager in mich verliebt war. 20 Jahre später kommt es zur Reunion. In Irland hatte ich in 14 Tagen 3 Frauen. Meine Ehefrau Andrea war früher auch nicht so ohne: Was ich in ihrer „Magic Box" fand, war sehr brisantes Material. Ich interessierte mich für die hübsche Sex-Workerin Agnes, doch es kam anders. Dann Tinder: Janka war eine krasse Lady mit speziellen Vorlieben.

Und was ich mit meiner älteren Schwester erlebt habe, sollte ich besser für mich behalten. Ich bin ein Fan von erotischen Massagen. So gerne genieße ich dort eine schöne Stunde. Als Blue Man Sex zu haben, wer kann das schon von sich behaupten? Dann darf die 19-jährige, süße Quirina nicht fehlen, die Tochter meines Ex-Chefs. Es sind 112 Seiten Erotik und wilde Erlebnisse, die Sie anregen sollen, es mir gleich zu tun. Let´s enjoy life!

ISBN 978-3-7504-9750-4
Books on Demand

Buch-Tipps vom Womanizer

The Womanizer
AusgeSEXt
Das Ende meines Glücks?

Ist dies das Ende des Womanizers? Meine geliebte Ehefrau Andrea hat mich rausgeschmissen und verlangte eine Auszeit. Ich organisierte mir eine Mietwohnung und ließ es trotzdem krachen. Gott sei Dank nahm mich Andrea ein halbes Jahr später wieder zurück. Glück gehabt! Während dieser heiklen Phase poppte ich so einiges: Daphne (18) hatte sich über den gefürchteten Wendler-Komplex in mich verliebt. Mit ihren sexy Schulfreundinnen vernaschte sie mich mehrmals. Heidi war nicht nur meine Immobilienmaklerin, sondern auch eine gute Gespielin im Bett. Der sexuell blockierten Maren erteilte ich Lektionen in Lust und Leidenschaft.

Die reizvolle Tattoo-Lady Jackie (34) verführte mich mit ihrem Körperschmuck. Cornelia und Leonie angelte ich mir für einen flotten Dreier und mehr. Sonja war für mich unerreichbar, also trickste ich und machte sie gefügig. Käuflich bin ich nicht, das musste die erfolgreiche Geschäftsfrau Laetitia erkennen. Statt meiner Firma ließ ich sie etwas anderes schlucken. Mein Business-Trip nach Holland brachte mich mit Susanna zusammen. Eines steht fest: AusgeSEXt habe ich noch lange nicht!

ISBN 978-3-7494-3471-8
Books on Demand

Buch-Tipps vom Womanizer

The Womanizer
Der frühe Vogel fängt den Wurm
Sweet Memories

Wer ein Womanizer werden will, muss früh beginnen. In diesem Special widme ich mich einigen meiner frühen Abenteuer. Ich stelle Rali vor, mit der ich meinen ersten Sex hatte. Die scheue Flavia weihte ich in die Liebeskunst ein. Gleichzeitig genoss ich ein heißes Programm mit ihrer älteren Schwester Franzi. Während meiner Abiturzeit ließ ich es richtig krachen. Ich vögelte mit meiner sexy Sportlehrerin Sarah.

Bei den Bayerischen Meisterschaften in Badminton legte ich die Dorothea und auch Rebecca H. flach. Die bilderbuchhübsche Susanne bekam ich über Chloe. Aus einer vertrauensvollen Bruder-und-Schwester-Beziehung mit Jasmin wurde inniger Sex. In Irland nahm ich Pippa, Emma und Teamleiterin Becky. Auf einem Musik-Festival genoss ich mit Natascha und Doreen einen lustvollen Dreier. Meine schicke Nachbarin Juli hasste mich zuerst, doch dann liebte sie mich, da ich ihre Probleme löste. Genießen Sie diesen Einblick in meine extravagante Jugendzeit!

ISBN 978-3-7519-8008-1
Books on Demand

Buch-Tipps vom Womanizer

The Womanizer
Der Robinson-Playboy
Von blauen Männern und heißen Girls

Bevor ich meine Frau Andrea kennenlernte, zelebrierte ich mein Leben als Animateur im Robinson Club Soma Bay. Dieses Buch enthält meine geilsten sexuellen Abenteuer aus meiner Studentenzeit und aus meinem Auslandsaufenthalt im Paradies. Wir starten mit der süßen Julia, die bis heute einen speziellen Platz in meinem Herzen hat. Die hübsche Lesbe Alice war in unserer Sportgruppe und wollte einen Mann ausprobieren. Soma Bay: Im Kicker-Duell erspielte ich mir Sex mit Tanz-Choreo Anush. Meine 28-jährige Teamchefin Ronda war eine top Beach-Volleyballerin, doch ich war besser. So musste sie mich erotisch massieren.

Zwaantje war Kickboxerin. Als Special Guest prügelte sie Gäste durch ihre Kurse, im Bett konnte sie sehr zärtlich sein. Quirina war Clubchef Uwes Tochter. Ein hübsches Ding! Die 19-Jährige verliebte sich in mich und ich erlebte mit ihr äußerst innige Tage. Als Blue Man Sex zu haben, ist etwas Exklusives. Blaue Ficks entstanden. Zurück in Deutschland nervte mich Nachbarin Ariel, doch aus dem Langstrumpf-Pippi-Verschnitt wurde ein so sexy Girl. Viel Freude mit blauen Männern und heißen Girls!

ISBN 978-3-7494-3318-6
Books on Demand

Buch-Tipps vom Womanizer

The Womanizer
Hot Business 1
Hübsche Kolleginnen sind gute Kolleginnen

Seit über 20 Jahren arbeite ich als TV-Produzent. Vom Mitarbeiter zum Big Boss. Ich bin schon 17 Jahre mit meiner heutigen Ehefrau Andrea zusammen und habe 2 tolle Kinder mit ihr. Und trotzdem habe ich sie unzählige Male sexuell betrogen. Still going on. „Hot Business" ist eine Serie über meine heißesten Sex-Abenteuer mit so sexy Kolleginnen, Praktikantinnen und Geschäftspartnerinnen. Dies ist Band 1. Isabel war die Erste. Melly wurde zur Affäre. Sandy ein Luder der Basic-Instinct-Sorte.

Linda eine mächtige Instanz, die mich nach dem Bettspiel abservierte. Ich rächte mich. Joanna war für unsere Webseite zuständig, doch sie widmete sich auch meinen intimsten Bedürfnissen. Nancy war dumm, aber gut im Bett. Silke verhütete, auf einmal war sie schwanger. Ich musste handeln. Lucy zelebrierte ein Praktikum der besonderen Art. Mary und Iris vögelte ich in Dänemark. Das Wiedersehen mit meiner Jugendliebe Raliza auf Businessebene war sehr versaut. Mein geiles Motto: Hübsche Kolleginnen sind gute Kolleginnen!

ISBN 978-3-7519-8942-8
Books on Demand

Buch-Tipps vom Womanizer

The Womanizer
Hot Business 2
Wenn die Arbeit zum Vergnügen wird

Seit über 20 Jahren arbeite ich als TV-Produzent. Vom Mitarbeiter zum Boss. Ich bin schon 17 Jahre mit meiner Frau Andrea zusammen und habe 2 tolle Kinder mit ihr. Trotzdem habe ich sie unzählige Male sexuell betrogen. Still going on. „Hot Business" ist eine Serie über meine heißesten Abenteuer mit sexy Kolleginnen, Praktikantinnen und Geschäftspartnerinnen. Dies ist Band 2. Das Wiedersehen mit Lucy gipfelte in einem Dreier mit Paula. Eva war Ü40, aber auch Ü-heiß. In Amerika erlebte ich krasse Abende in einer Glory Hole Bar.

Ella (28) wurde zu einer sweeten Affäre. Japse Aiko hatte noch nie eine deutsche Banane – dann kam ich. Mit Sabrina erlebte ich scharfen Sex, mit der dunklen Shari käuflichen. Kerstin war mit das geilste Mädel in meinem Bett. Larissa ein ONS. Ich verführte Kamerafrau Janine, obwohl sie mit Peer zusammen war. Sonja war ein eigener Fall. „Hot Business" habe ich diese erotische Buch-Reihe genannt, getreu meinem Motto: Wenn die Arbeit zum Vergnügen wird!

ISBN 978-3-7519-9979-3
Books on Demand

Buch-Tipps vom Womanizer

The Womanizer
Hot Business 3
Traumfrauen gibt es in jeder Firma

Seit über 20 Jahren arbeite ich als TV-Produzent. Vom Mitarbeiter zum Big Boss. Ich bin schon 17 Jahre mit meiner heutigen Ehefrau Andrea zusammen und habe 2 Kinder mit ihr. Trotzdem habe ich sie unzählige Male sexuell betrogen. Still going on. „Hot Business" ist eine Serie über meine heißesten Sex-Abenteuer mit Kolleginnen, Praktikantinnen und Geschäftspartnerinnen. Dies ist Band 3. Anastasia war die perfekte Frau. Kylie, Nele und Helene vernaschten mich zu dritt. Sophie, die Königin der Füße. Juliette und Olga kämpften um mich, dann teilten sie schwesterlich. Moderatorin Anna-Christina wollte mich in unter 5 Minuten glücklich machen.

MILF Nina (23) war mehr als eine Angestellte. Chiara gewann ich durch ein Trick-Spiel. Evelyn tat ALLES für den Erfolg ihrer Tochter. Meine Ex-Chefin Becky wurde schwach. Laetitia wollte meine Firma, doch sie bekam etwas anderes. Lady Susanna führte mich in härtere Sphären ein. Die Abenteuer mit der Tattoo-Frau Jackie sind legendär. „Hot Business" habe ich diese erotische Buch-Reihe genannt, denn: Traumfrauen gibt es in jeder Firma!

ISBN 978-3-7526-0883-0
Books on Demand